아가씨

아가씨

글·그림 이병연

어문학사

프/롤/로/그

요즘 우리 집 앞은 공사가 한창입니다. 길 건너에 준종합 병원이 건축된다고 합니다. 누구는 부동산이 오를 거라 좋아하고, 또 누군가는 무관심하고, 또 누군가는 끝없이 파헤치는 지반에 이상 현상이 발생하지는 않을까 두려워 하기도 합니다. 이렇듯 각기 다양한 생각을 가지고 살아가는 시대입니다. 어떻게 하면 시대의 흐름에 세련되게 부응하면서 비진리를 거부할 수 있는 능력을 가질 수 있을까 생각해 봅니다. 그것이 촌스러운 사고이고, 나아가 소통의 부재라며 오해를 받더라도 당당할 수 있었으면 좋겠습니다. 윤리와 도덕, 가치들의 기준이 모호해지는 시대를 살아가며 사랑하는 제 조카들에게 올바른 삶의 방향성을 어떻게 제시해야 할지 조금 혼란스럽습니다. 우리 조카들이 어른이 되어 갈 즈음, 진리가 비진리로 둔갑하고 때론 합법이 불법이 되어가며, 정의가 인권이란 이름으로 무너지는 시대가 아니기를 바랍니다.

이렇게 다원화된 사회에서도 우리 가슴에 영원히 변하지 않는 가치는 사랑이 아닐까 합니다. 그래서 세상에는 없을 듯한 신뢰……영원……불변……그 헤세드(chesed)의 사랑을 그려보고 싶었습니다.

이타적인 삶, 이것은 성숙한 사람만이 갈 수 있는 길이지만, 우리 모두는 날마다 성장하고 성숙해야 합니다. 큰일이 아니어도 좋을 듯합니다. 특별히 알아주지 않아도 괜찮습니다. 그러나 성숙한 사람들은 지금도 자신의 삶으로 증명해내고 있습니다. 헤세드의 가치, 그 위대한 사랑을 말입니다. 그 가치를 실현하는 아름다운 사람들이 세상을 조금씩, 조금씩 변화시켜가기를 바랍니다. 그래서 삭막했던 우리의 가슴에 따스한 바람을 실어다 주었으면 좋겠습니다. 그래서 우리 조카들이 어른이 되었을 때에는 서로 간의 신뢰와 배려, 사랑이 가득한 아름다운 세상이 되기를 바랍니다.

2014년 9월

저자 이병연

차례

프/롤/로/그
004

아가씨
009

아가씨

우리 모두에게는 용기가 필요합니다.

사랑을 인정하는 용기, 마음을 들킬 용기,

들켜도 부끄럽지 않을 용기, 장애물을 넘어설 용기,

실패해도 일어나는 용기, 재도전하는 용기,

포기하는 용기, 성취하는 용기,

그리고…….

그 사랑을 끝까지 책임지는 용기.

두려움을 이겨낸 용기로, 어두운 세상을 빛으로 이기십시오.

어느 덥고 건조한 여름날, 소년은 여느 때처럼 하늘을 올려다보고 있었습니다. 태양 빛에 이맛살을 찌푸리며 깍지 낀 손으로 얼굴에 그늘을 만들어 보지만, 더위를 해소시켜 주진 않습니다. 소년이 사는 마을을 가려주지도 않습니다. 그러기엔 그는 작은 손을 가진 어린 소년에 불과했지요. 언제 비가 올지 알 수 없습니다. 개울 물이 줄어들고, 뒤꼍의 우물도 말라갑니다. 빨래터에서 들려오는 방망이질 소리도, 잿물에 빨랫감을 헹구어내는 소리도 힘을 잃어갑니다. 오가는 사람들이 목마르다며 허탈한 소리를 내뱉습니다. 날마다 뜨거운 태양이 마을을 삼킬 기세입니다.

갑자기 제 눈에 번쩍이는 빛이 보였습니다. 태양으로부터가 아닌 세상에서 볼 수 없는 빛의 형상이었지요. 그것은 분명히 빛이었습니다. 그 한가운데 한 소녀가 서 있었습니다. 빛에 둘러싸인 그녀의 몸 어디선가 선명한 빛줄기가 쏟아져 나오고 있었습니다. 그 순간 판서님의 외침이 들렸습니다.

"물길을 찾아, 생수를 공급하라!"

제가 노비를 살던 판서님 댁에는 언제나 사람들로 북적였습니다. 판서님은 우리 고을의 명망 높은 어른입니다. 얼마나 마음이 좋은 분이신지 고을 사람들뿐만 아니라, 옆 고을 거지들까지 대문 앞에 와서 진을 치고 있을 정도였습니다. 판서님은 그들을 볼 때마다 제게 말씀하셨습니다.

"주위에 가난한 사람이 있다는 것은 우리의 수치다."

그리고 넉넉한 미소를 지으시며, 칠성 아주머니를 시켜 동냥 바구니에 밥이며 김치, 때로는 고기 등을 푸짐히 쌓아주시곤 하셨습니다. 부모님의 얼굴도 모른 채, 판서님 댁 앞에 버려진 저를 키워주신 분이 바로 칠성 아주머니였습니다. 제가 그 집에 들어간지 2년 후, 사랑채와 안채가 만나는 곳인 작은 방, 산실에서 예쁜 여자아이가 태어났습니다. 대문 앞에서 태어난, 아니 버려진 남자아이와 이 집에서 가장 좋은 기운이 들어온다는 곳, 태실에서 태어난 여자아이는 함께 칠성 아주머니의 젖을 먹고 자랐습니다. 우리가 살던 시대와 제가 처한 환경을 인지 할 수 없었던 그때, 우리는 오누이처럼 아주머니의 양팔에 안겨 힘차게 젖을 빨았습니다. 그러나 시간이 흐르고 태실에서 별당채로 거처를 옮긴 소녀를 애기씨라고 부르던 그때부터 소년은 뒷마당에서 애기씨와 마주치면 고개를 숙이고 한걸음 물러서야 했습니다.

아홉 살 무렵이었지요. 그날 아주머니에게 엉덩이를 얻어맞고 뒤뜰 우물 옆의 배나무 밑에 앉아 훌쩍훌쩍 울고 있었습니다. 왜 그리도 서러웠는지 어렴풋이 '친어머니가 아니기에 나를 이렇게 때리는구나' 하는 서글픈 생각에 참 많이도 울었습니다. 저는 무릎 위에 턱을 괴고 앉아 발밑으로 한잎 두잎 떨어지는 배꽃을

만지작거리고 있었지요.

얼마나 시간이 흘렀는지, 누군가의 인기척이 느껴졌습니다. 옆을 돌아보니 꼬마 아가씨가 방실방실 웃으면서 걸어오는 것 아니겠습니까? 마치 무슨 재미난 일을 하는 저의 놀이에 동참하려는 듯이 호기심이 가득 담긴 천진한 눈망울을 크게 뜨고 말입니다. 그러다가 턱밑으로 '뚝' 떨어지는 저의 마지막 눈물방울을 보더니, 아가씨의 안색이 갑자기 변하고 말았어요. 검고 큰 눈으로 저를 바라보던 아가씨의 입에서 갑자기 울음이 터지고 말았습니다. 저는 그런 아가씨를 의아한 눈길로 쳐다보고만 있었지요. 아가씨는 코를 훌쩍이며, 볼이 빨개지도록 울다가 주춤주춤 걸어오더니 제 옆에 쪼그리고 앉는 것이 아니겠습니까? 얼굴을 무릎 사이에 묻고서 흙바닥만 내려다보는 아가씨의 입술이 파르르 떨리고 있었지요.

제 눈에서는 눈물이 그만 쏙 들어가고 말았습니다. 저는 옷소매로 코를 한번 훔치고 아가씨를 내려다보며 떠듬떠듬 물었습니다.

"애기…… 씨…… 왜 …… 우셔요?"

"흑…… 흑…… 모르겠어…… 나도 그냥…… 슬퍼."

이제는 입장이 바뀌어 버렸습니다. 저는 아가씨를 어떻게 달래야 하나 안절부절못했습니다. 그러다가 제 옷소매를 살폈지요. 검은 때가 낀 소매 끝에서 그나마 깨끗한 부분을 움켜쥐어 아가씨의 눈가를 닦아 주었습니다. 저는 일어나서 우물 위에 있던 두레박의 줄을 밑으로 내렸습니다. 기우뚱기우뚱 줄을 타고 내려간 두레박이 물속에 잠기자 저는 힘차게 물을 길어 올렸지요. 아가씨의 얼굴보다 큰 두레박을 그녀의 입에 갖다 댔습니다. 아가씨는 아기 새처럼 입을 벌려 홀짝홀짝 받아 마셨어요. 그리곤 옷소매로 입가를 한번 훔치더니 저를 말똥말똥 쳐다보았습니다. 아가씨의 입가에 남은 물방울이 턱밑으로 흘러내리자 저는 얼른 손으로 닦아 주었지요. 동글동글한 턱이 제 손안으로 들어왔습니다. 귀엽고 사랑스러운 누이 같은 아가씨를 그렇게 보고 있었지요. 아홉 살 소년이, 일곱 살 소녀를 위해 해 줄 수 있었던 것은 기워 입은 옷소매에 아가씨의 눈물을 닦아 주고, 훌쩍이는 소녀에게 물을 떠 주는 것이었어요.

소박한 소년과 천진한 소녀의 얼굴 사이로 흰 배꽃이 흩날리며 떨어져 내렸습니다. 평온했습니다. 그 평화로움이 지속되길 바랐습니다. 그 우물가가 다른 사람은 볼 수도 없고, 들어올 수도 없는 공간이었으면 좋겠다고 생각했습니다. 그곳에서 바깥세상 사람들과 숨바꼭질을 하고 싶다고도 생각했습니다. 그 감정은 산과 마당과 들판이 세상의 전부였던 소년의 가슴에 은종이 울린 첫사랑의 시작이었지요.

소년의 세상은 꼬마 노비의 일터였지만, 아가씨가 주위의 눈을 피해 제 뒤를 몰래 따라올 때면 놀이터가 되기도 하였지요. 뭐, 특별히 하는 것은 없었습니다. 아가씨는 제가 일하는 곳을 따라다니며 신기하다는 듯이 바라보는 게 전부였지요. 저는 우물물을 매일 길었습니다. 가끔 우물 위로 떨어지는 배꽃 잎을 하나하나 세워가며 물속을 들여다보고 있자면 시간이 가는 줄도 모르는 거지요.

어느 날이었습니다. 그날도 두레박으로 물을 길어 물동이에 담고 있는데, 누군가 인기척도 없이 다가와 제 어깨를 '톡톡' 건드렸습니다. 저는 이마를 손등으로 훔치며 뒤를 돌아보았지요. 그곳에는 짐작한 대로 아가씨가 서 계셨어요.

"어…… 애기씨! 언제 오셨어요?"

저는 황급히 주위를 살피며 물었습니다. 아가씨는 햇빛에 발그라해 진 얼굴에 검은 눈망울을 반짝이며 말했습니다. 그날 아기처럼 맑은 아가씨의 눈동자엔 왠지 슬픔과 불안함이 엿보였지요.

"그 얘기 들어 봤어?"

나는 고개를 갸우뚱거리며 물었습니다.

"무슨 얘기요?"

"이 우물 속에 할아버지가 산대."

"네? 할아버지요?"

"집집마다 아기를 가져다주는 삼신할미 같은 할아버지 말이야."

저는 두레박을 놓고 아가씨를 내려다보았습니다. 자못 심각해진 아가씨의 얼굴이 얼마나 귀여운지 저는 그만 두레박을 떨어뜨릴 뻔 하였지요.

"응! 우물에 사는 할아버지는 물길이 막힐까 봐 매

일매일 우물 바닥을 판대."

아가씨의 엉뚱한 말에 저는 물속을 잠시나마 들여다보아야 했지요.

"그럼 좋은 분이네요. 물이 없으면 사람이 살 수 없으니까요."

"삼신할머니처럼 좋은 할아버진가 봐."

"삼신할머니가 좋은 분인가요?"

저는 눈길을 바닥으로 떨구며 물었습니다.

"나도 삼신할머니가 아버님, 어머님께 점지해 주었는걸?"

'그럼, 저는요? 삼신할머니가 판서님 댁에 버려두고 간 저는요? 제겐 좋은 할머니가 아니에요.'

어릴 때 칠성 아주머니에게 삼신할머니의 이야기를 들을 때 가졌던 의문이 다시 올라왔지요. 가슴에서 작은 돌 하나가 떨어지며 파장을 만들어 갔습니다. 그러나 말할 수가 없었어요. 입 밖으로 뱉어내면 그것이 사실이 될까 봐 차마 묻지도 못하고, 우물만 들여다보았습니다. 나뭇잎이 떨어져 동그랗게 퍼져가는 물결 사이로 제법 소년의 태가 나는 노비의 얼굴이 비쳤습

니다. 조금 후에는, 동그랗고 작은 얼굴이 슬그머니 물 위로 떠올랐지요. 불안하게 흔들리는 물결 위로 소년과 소녀가 마치 우물 속에 살고 있는 사람들처럼 저 건너에서 우리를 쳐다보고 있었습니다. 그 후로, 그 깊고 작은 우물은 알 수 없는 호기심을 불러일으키며 저의 많은 상념을 흡수했다가 정화시키며 물고기처럼 토해내곤 했습니다.

언젠가 가뭄이 심하게 들던 해였습니다. 바짝바짝 타들어 가는 논밭 사이로 판서님의 긴 숨이 토해져 나오던 그즈음, 마냥 샘솟을 것만 같았던 우물도 점점 깊이를 드러내더니 급기야 본색을 드러내고 있었습니다. 신비로웠던 우물 속의 이야기들은 오랜 가뭄과 함께 우리의 마음처럼 갈라지고 타들어 갔습니다. 그 속에서 누군가 검은 눈을 치뜬 채, 도사리고 있는 것 마냥 흉측해 보이기까지 하였습니다.

그해 여름, 저는 그날도 일을 마친 후, 우물가 옆에 있는 고목 아래 앉아, 하늘을 바라보고 있었습니다. 백성들의 탄식에도 여전히 눈물 한 방울 흘릴 생각 없이 짙은 남색으로 변해가는 하늘 위로 깊은 한숨을 내쉬던 판서님의 얼굴이 떠올랐지요. 우물 속에서 끊임없이 물길을 찾고 있는 존재는 믿지 않았습니다. 그 실체를 인정하는 순간 삼신할머니도 믿어야 하니까요.

'애기씨…… 분명히 할아버지가…… 사신다 했죠?'

저는 적막한 뒷마당 한구석에 고즈넉이 자리한 우물을 조심스레 바라보며 생각했습니다. 그리고 정말로 물길을 내는 노인이 살지 모를 그곳으로 왠지 모르는 소리를 기도처럼 뱉어냈습니다.

"우물에 물길을 내 주세요. 할아버지…… 우리 판서님을 도와주세요."

그 순간 어디선가 희미하게 울려오는 소리가 있었습니다.

'해 보렴.'

분명히 누군가 말하고 있었습니다.

'해 보렴……'

또다시 들려오는 소리에 저는 주위를 두리번거렸습니다.

'해 보렴……'

그것은 아득히 깊고 푸른 물속 어딘가에서 들려오는 것 같았습니다. 그 소리는 반복적으로 천천히, 그리고 끊임없이 들려왔습니다.

'해 보렴!'

갑자기 제 뱃속 어디선가 확신에 찬 소리가 올라왔습니다. 순간 제 가슴에 파장이 일기 시작했습니다. 그 소리가 회오리치듯 역동하는 것이었습니다. 저는 무언가에 홀린 듯이 우물 속을 들여다보았습니다. 컴컴하고 어두운 공간 속에 괭이질하는 노인의 형체가 보이는 것만 같았습니다. 저는 정신없이 곳간으로 달려가 벽에 걸린 괭이를 내렸습니다. 그리고 짚으로 날을 꼼꼼히 싸기 시작했지요. 때마침 새끼줄이 풀린 채 바닥에 나뒹구는 바구니들이 눈에 들어왔습니다. 저는 주저앉아 굵은 줄로 꼰 바구니만 골라서 풀기 시작했습니다. 정신없이 줄을 푸는 동안 새끼줄은 바닥 위로 큰 똬리를 틀어가고 있었지요. 저는 줄을 아주 길게 이었습니다. 네! 이쯤 되면 제가 앞으로 무엇을 했을지 짐작이 가실 겁니다.

저는 제법 무게가 나가는 그것을 어깨에 걸치고 뒤

곁으로 달려갔습니다. 그리고 고목 허리에 한쪽 줄을 묶었습니다. 줄이 제대로 묶였는지, 양손으로 힘차게 당겨 보았지요. 다음엔 반대쪽 끈을 제 허리에 묶었습니다. 저는 흙바닥에서 돌멩이 하나를 주워들어 우물 속으로 던졌습니다. 떨어지는 소리로 보아 결코 얕은 깊이는 아니었지요. 먼저 괭이를 던져 내렸습니다. 바닥으로 떨어지는 소리에 저는 황급히 주위를 둘러보아야 했지요.

유난히 밝은 달빛이 유유히 하늘을 떠다니고 멀리서 들려오는 산짐승의 소리가 더해지자 음산하고 스산한 기분이 들었습니다. 때마침 어디선가 부엉이 우는 소리도 들려왔지요. 갑자기 등골이 오싹해지고 머리칼이 곤두섰습니다. 밤의 그림자가 깊이 드리워진 우물은 더 이상 비밀스러운 샘이 아니었지요. 무서웠습니다. 그러나 포기할 수는 없었지요. 본능적으로 저를 끌어당긴 것은 그 깊고 푸른 웅덩이 속에 삼신할머니가 전해주는 태생의 비밀처럼 제 무의식이 끊임없이 갈급하게 묻고 있는 해답이 있을 거라 믿었기 때문이었습니다.

저는 팔에 힘을 주어 돌 위를 짚고 우물 아래로 한 쪽 다리를 뻗었습니다. 그러면서 균형을 잃고 떨어지는 끔찍한 생각이 들었지만, 저는 곧 손가락을 돌의 울퉁불퉁한 끝으로 뻗었습니다. 돌출된 곳을 손으로 더듬고 힘겹게 몇 발짝 아래에 있는 갈라진 틈으로 발을 들이밀었습니다. 그리고는 곧바로 돌 표면에 몸을 바싹 끌어당겨 밀착시켰습니다. 다른 다리를 뻗어 사이에 벌어진 틈새를 찾아 조심스럽게 올라서 숨을 한 번 내쉬어야 했지요. 그리고 조심조심 한발 한발을 신중하게 돌 사이를 디디며 아래로, 아래로 내려갔습니다. 두려운 마음과는 달리, 제 몸은 민첩하게 움직였습니다. 얼마나 내려왔는지, 갑자기 느슨했던 줄이 팽팽해지는 느낌이 들었습니다. 저는 고개를 들고 줄을 아래로 당겨 보았습니다. 그 순간, 끔찍한 상상은 현실이 되고 말았습니다. 갑자기 저는 아래로 곤두박질치기 시작했습니다. 끊어진 줄이 눈앞으로 흐물흐물 떨어지는가 싶더니 '쿵' 소리를 내고 바닥에 부딪히며 저는 그만 정신을 잃고 말았습니다.

어디선가 웅성대는 소리가 들렸습니다. 수군대는 소리 같기도 했습니다. 몸을 움직이려 하자 허리에 통증이 왔습니다. 다리도 움직일 수가 없었습니다. 겨우 입에서 작은 신음만이 새 나왔지요. 힘겹게 눈꺼풀을 올리니, 가늘게 벌어진 눈 사이로 한 조각 맑은 하늘이 들어왔습니다. 그제야 그 소리들이 담장 밖에서부터 활기차게 들려오고 있다는 것을 알았지요. 작은 소리가 점점 커지기도 했고, 큰 소리가 작아지기도 했지요. 사람들의 고함, 웃음 소리, 말발굽 소리, 소리로만 짐작할 수 있는 공간 속에는 저 혼자였습니다.

겨우 힘을 주어 소리쳐야 했지요.

"여기…… 요……"

신음 정도였습니다. 한 번 더 목에 힘을 주고 소리쳤습니다.

"아무도…… 없나요? 저…… 여기 있어요. 여기요……"

그러나 그 소리는 좀처럼 밖으로 나가지 못하고 우물 안을 맴돌며 메아리가 되어 돌아올 뿐이었지요. 정신을 차려야 했습니다. 이대로 정신을 잃으면 죽을 지도 모릅니다. 그곳에서 벗어나는 방법을 생각해야 했지요. 우선은 다친 곳이 어디인지 살펴야 했지요. 노역이 가져온 질병, 세인들의 멸시와 천대, 육체적 고통과 정신적 상처로부터 살아남기 위해 노비들은 위기를 대하는 능력이 양반네들보다 뛰어났지요. 당시의 어린 노비 역시 악조건을 이겨내는 방법을 본능적으로 터득하고 있었습니다. 고개를 들어 겨우 상체를 일으켜 세웠습니다. 바닥을 딛고 있는 팔꿈치에 무게가 실리니 어깨가 욱신거리며 통증이 왔지만, 특별히 부러진 곳은 없었습니다. 팔목과 손목, 허리를 움직이는 데 크게 무리가 없었지요. 저는 겨우 일어나 앉아 주변을 둘러보았습니다. 그래 봤자 두 평 남짓한 동그란 공간이었지만요. 개구리 한 마리가 한쪽 구석에 앉아 저를 쳐다보고 있었습니다. 갈라진 검붉은 바닥은 물기에 젖어 있었지요. 저는 개구리 옆에 떨어져 있는 괭이를 들었습니다. 그리고 바닥을 한번 내리쳤습니다. 날 끝이 부드러운 돌 사이에 박혔습니다. 저는 여러 번 반복해서 바닥을 찍었습니다. 생각보다 부드러운 바닥은 돌덩어리가 떨어져 나오기도 했고, 작은 조각들로 깨어져 흩어지기도 했지요. 저는 계속해서 괭이질을 했습니다. 어느덧 하늘은 잿빛으로 변해가고 목마름과 배고픔에 점차 손놀림이 느려졌습니다. 저는 작은 돌무덤 옆에 몸을 기대어 우물 위를 올려다보았습니다.

판서님 댁은 여느 때와 다름없이 하루가 흘러갔나 봅니다. 우물 위로 보이는 작고 검은 하늘 위로 총총총 별들이 떠올라 있었습니다. 몸에 힘이 빠지고 눈꺼풀은 무거워져 갔지요. 잠이 들었지만, 꿈속에서도 저는 여전히 땅바닥을 파헤치고 있었습니다.

"왜 바닥을 파는 거야?"

아가씨가 저를 찾아왔습니다. 언제 우물 속으로 내려왔는지 여느 때처럼 제 옆에 쪼그리고 앉아 물으셨지요.

"물줄기를 찾아야 해요."

"왜?"

"그냥요."

"힘들면 그만해."

"해야 해요. 판서님 댁의 물줄기를…… 제가 찾아드릴게요."

묵묵히 대답하며 다시 괭이를 쥔 머슴의 손은 쉴 줄을 몰랐습니다.

갑자기 한기가 느껴졌습니다. 저는 어깨를 움츠리며 손으로 양팔을 쓸어 올려야 했지요. 차가운 물방울이 이마 위로 뚝 떨어져 내렸습니다. 몸이 으슬으슬 춥고 떨려왔습니다. 무릎을 굽혀서 힘껏 가슴 위로 붙이고 양팔로 감싸 안았습니다. 그러자 갑자기 아늑한 기분이 들었지요. 그런 기분도 잠시 울컥 목이 메왔습니다.

우물 밖에서도, 우물 안에서도 혼자인 삶, 버려진 인생, 삼신할머니마저 버린 노비. 그것이 저였습니다. 그것이 제 정체성이었습니다. 어디서 떨어졌는지, 어디로 가야 하는지, 목적 없이, 정처 없이 수맥을 찾고 있는 소년이 저였습니다. 그러했기에 수맥을 찾으려는 괭이질은 소년 노비가 판서님의 인정을 받고 싶다는 소망의 분출이었고, 미지의 대상을 향한 분노의 표출이었을 것입니다.

갑자기 가슴에서 서러움이 올라왔습니다.

"어머니……"

저를 낳으신 어머니가 어떤 분일지 궁금했습니다.

"어디 계세요……? 지금…… 어디 계세요?"

"왜…… 저를 버리셨어요?"

흐르는 눈물이 돌사이로 스몄습니다. 시큼한 냄새가 배어왔습니다.

"저는 누굽니까? 대체 저는 누굽니까……?"

우물보다 더 깊은 곳, 제 안의 어둡고 음습한 곳에서 솟아오른 서러움이 울음으로, 애통으로, 통곡으로 작은 우물 속을 메워가고 있었습니다.

하늘이 맑은 잿빛을 띠며 차차 밝아지기 시작했습니다. 고목 주위로 날아드는 새소리도 들려왔습니다. 나뭇잎 하나가 살랑거리며 춤추듯이 우물 아래로 떨어져 내렸습니다. 다시 아침이 시작되었나 봅니다. 저는 작은 돌무덤에 누워 맑아지는 하늘을 바라보았지요. 그때였습니다. 우물 위로 갑자기 반달모양의 무언가가 힐긋 올라오는 것이 아니겠습니까?

"거기 있어?"

작은 목소리를 있는 힘껏 크게 내는 소리였습니다.

"애…… 기씨……"

"거기 있냐구?"

"네에…… 저 여기 있어요."

저는 벌떡 일어나 팔을 흔들며 소리쳤습니다.

"여기에요. 여기 떨어졌어요!"

새벽하늘에 뜬 반달이 갑자기 사라지더니 어디선가 쿵쿵거리는 발소리가 들려왔습니다.

"우물 속에 있단 말이지? 내, 이 녀석을 그냥!"

그 소리와 동시에 검은 형체가 하늘을 반쯤 가렸습니다.

"거 있냐? 너, 거 있냐고?"

눈물이 핑 돌더군요.

"네! 아저씨! 저 여기 있어요."

"이게 미쳤어. 미치지 않구야 어데 나무에 줄을 묶고 내려갔다냐?"

또 누군가의 소리가 이어졌습니다.

"하이고! 나랏꼴이 어수선항께 판서님댁에 별일이 다 있구만. 그랴."

조각조각 이어 붙인 종잇조각들처럼 크고 작은 얼굴들이 하늘 위로 떠올랐습니다. 잠시 후, 우물 위에서 줄이 내려오기 시작했지요. 저는 하늘 위로 팔을 뻗어 그것을 힘차게 낚아챘습니다. 밖으로 끌려 나오자 생소한 공기가 콧속으로 들어왔습니다. 저는 큰 숨을 들이마셔야 했지요.

"인석이 엉뚱하다, 엉뚱하다 했드만. 판서님도, 칠성 아줌니도 안 계신 날에 드디어 일을 저질렀구만."

친근한 얼굴들이 머리를 쥐어박고 몸을 털어주었습니다. 하인들 사이에 둘러 있던 제 시선은 계속해서 누군가를 찾아 주위를 두리번거렸지요. 고목 뒤로 몇 발자국 떨어진 대나무밭에 아가씨가 서 계셨습니다. 떨리는 입술을 반쯤 물고 서서 마치 저를 노려보는 듯한 눈가의 근육은 불안하게 떨리고 있었습니다. 갑자기 아가씨가 땅으로 꺼지듯이 주저앉았습니다. 하인들의 소리에 아가씨의 흐느낌은 들리지 않았습니다. 그러나 아가씨는 분명히 울고 계셨습니다. 어깨 한번 들썩이지 않고 제게서 시선을 거두지도 않은 채, 아가씨는 온몸으로 울고 있었습니다. 사라져도 기억되지 못했을 노비를 위해 울어주던 그녀, 그 꼬마 아가씨의 모습을 저는 아마도 영원히 잊지 못할 것입니다.

아가씨는 마음처럼 아름답게 성장했지요. 그녀는 가냘프고, 깨끗하고, 고상했습니다. 마치 수선화를 연상케 했지요. 살결은 희고, 몸짓은 우아했으며, 발걸음은 가벼웠습니다. 그녀가 눈길이라도 보내는 날이면 꿈속으로 끌려가는 듯했지요. 그러나 시간이 갈수록 아가씨와 저의 거리는 신분의 차이처럼 멀어져갔습니다. 아가씨가 별당에서 책을 읽고, 수를 놓으며, 향긋한 차를 마실 때, 저는 마당을 쓸고, 논물을 대며, 나뭇짐을 했습니다. 그리고 행랑채로 돌아오면, 우물가로 달려가서 갈증이 해소될 때까지 물을 길어 마시곤 했지요.

마님과 아가씨는 이른 새벽, 예배당에 가셔서 기도를 드리곤 하셨지요. 아침이슬을 맞고 내려오는 아가씨는 새벽에 피어나는 꽃처럼 청초하기만 했습니다. 저는 새벽이면 아가씨가 거처하는 별당채 앞마당을 싸리비로 쓸곤 했습니다. 그것은 판서님께서 제게만 허락하신 일이었습니다. 제가 그 일을 얼마나 자랑스러워했는지 아가씨는 혹시 아실까요?

아가씨는 빠른 걸음으로 마당을 쓸고 있는 저를 지나쳐 가지요. 가끔, 눈을 살포시 내리뜨고 저를 보시기도 했지만, 대부분은 새초롬한 얼굴로 스쳐 지나갈 뿐입니다. 그리고 나비의 발랄한 날갯짓처럼 가늘고 긴 손가락으로 기둥을 잡고, 비단신을 댓돌 위에 벗어 놓고는, 버선발을 나풀대며 아가씨의 방으로 들어가 버리곤 하지요.

그러면 나비를 쫓던 검은 고양이처럼 웅크리고 서서 아가씨가 사라진 방문 앞을 바라보곤 합니다. 그녀의 그림자가 방문 위로 어른거릴까 그 앞을 기웃거리지요. 제가 아가씨를 정면으로 볼 수 있는 때는 바로 그 시간입니다. 그러나 제 앞에는 언제나 아가씨 방문을 싸고 있는 질긴 종이처럼 감히 넘을 수 없는 강물이 넘실거렸습니다.

저는 나무를 하기 위해 자주 산길을 올랐습니다. 겨울이면 깊은 산 속까지 들어가야 했습니다. 어릴 때는 갑자기 무서움이 엄습해 나무를 하다 말고 바위 옆에 웅크리고 앉아 참 많이도 울었습니다. 그러나 시간이 갈수록 저는 깊은 숲에 숨어 있는 신비로운 비밀들을 알아 가게 되었습니다. 봄이면 산더덕을 캤고, 여름이면 산도라지를 캤습니다. 가을에는 메뚜기를 잡았고, 겨울이면 인동덩굴을 베어와 한약방에 갖다 주곤 했지요. 그렇게 한약방을 나서는 날에는 제 허리춤에 묶인 전대에서 동전들이 짤랑이는 소리가 났습니다. 저는 경쾌한 발걸음으로 잡화점에 들러 칠성 아주머니의 비녀나, 노리개 등을 사곤 했지요. 두려움이 사라지자 산과 들은, 울면서 나무를 하던 꼬마에게 풍족한 것들을 토해내기 시작했습니다.

아주머니는 저녁이면 매일 다듬이질을 하셨습니다. 우리 민족은 계절과 관계없이 거의 흰옷을 입었기에 물이 있는 곳은 모두 빨래터였지요. 추운 겨울에도 조선의 여인들은 냇가에서 두꺼운 얼음을 깨고 빨래를 했습니다. 그러나 대부분의 천민들은 하루 종일 일을 해야 했기 때문에 나중에는 본래의 색이 무엇인지 알아볼 수 없을 지경이었지요. 그러나 우리들은 그런 옷을 깁고 또 기워 입었습니다. 저 역시 그런 환경을 벗어날 도리가 없었습니다. 제가 할 수 있는 유일한 것은 혼자서 옷을 빨아 입는 것이었어요. 특히 옷소매는 정성

스레 잿물을 풀어 빨곤 했습니다. 어느 시기부터 저는 밤이면 개울가로 나가 참 열심히도 씻었습니다.

"아주머니! 오늘 약방 가서 또 돈 벌었어요. 이거 사 왔어요! 이거요! 이거!"

칠성 아주머니는 개천에서 빨래를 하다말고 비녀를 들고 달려오는 제게 홍두깨를 흔들며 소리쳤습니다.

"장사꾼 돼서 평생을 봇짐 메구 살라구? 그 시간에 천자문 하나라두 더 익히라 했냐? 안혔냐?"

아주머니는 빨랫감을 이고 제 손에 든 비녀를 흘겨보더니 성큼성큼 앞서 걸으셨습니다. 저는 머리를 긁적이며 그 뒤를 조심조심 따라갔지요.

칠성 아주머니의 사랑은 언제나 이런 식으로 표현되었답니다. 제가 사다 드린 물건들도 좀처럼 사용하시는 일이 없으셨지요. 그 비녀 역시 놋쇠 달린 상자 안에 보석처럼 놓였겠지요.

"아주머니, 가락지랑 노리개랑 뭣 하러 쟁겨 놓으신대요?"

"느 장개 보낼 때 샥시 줄라 그란다!"

아주머니가 흐뭇한 미소를 지으며 말씀하셨지요.

"저 장가 안 갈래요. 아주머니 평생 모시고 살 거니까, 가락지도 끼고, 노리개도 하고 다니세요."

아주머니는 개켜진 빨래를 다듬잇돌 위에 올려놓으며 저를 바라보셨습니다.

"때 되믄 장개 가야재. 고운 각시가 해 주는 밥도 먹고, 새끼 나서 이쁘게 키워야 하지 않겠냐?"

저는 고개를 떨구며 중얼거렸습니다.

"자식 낳으면…… 뭐한대요? 또…… 노비나 살라구요?"

잠시 침묵이 흘렀습니다. 그리고 얼마 후 다듬이질 소리가 조심조심 들려왔습니다. '토닥토닥' 제 마음을 아는지, 모르는지 아주머니의 다듬이질 소리는 점점 경쾌해져 갔지요.

"세상이 변한대드라. 세월이 요상타, 요상타 혀도 지금 같진 않았재. 세상이 좋아져서 신분이 없어지믄 느덜은 밖에 나가 일해야재. 우리 같은 사람이야 평생을 이렇게 살았응께 달라져도 뭘 할 수 있겄냐만은 느덜은 아니다. 뭐든 배우고…… 일도 열심히 하믄서……

남을 위해 살그라."

다듬잇돌 위에 멍하니 고정되었던 시선을 아주머니에게 돌리며 물었습니다.

"하믄요? 종놈이 양반도 되나요? 노비가 남을 위해 산다믄 양반님들이 알아주남요?"

"남이 알아주지 않으믄 어떠냐? 하늘이 보시기에 양심껏, 충실히 사는 것이재. 그렇게 살다보믄 길이 열릴 것이다. 우리 애기씨처럼 착하고, 이쁜 샥시랑 혼인도 할 수 있고……"

갑자기 아주머니의 말끝이 흐려졌습니다. 다듬이질 소리도 기운을 잃어갔지요. 저는 얼굴이 달아올라 얼른 고개를 돌려야 했습니다.

열여섯이 지나가던 여름날이었지요. 산에서 나뭇짐을 하고 내려와 행랑채를 지나 뒷마당 모퉁이를 돌려 하는 순간이었습니다. 갑자기 연못가에서 호탕한 웃음소리가 들려왔습니다. 이 집에서 거의 처음 들어봄 직한 큰 소리에 귀를 기울였지요. 저는 지게를 내려놓고 사랑채 뜰 앞에 만발한 석류와 파초 사이에 숨어 연못 가운데 있는 정자를 훔쳐보았습니다. 그런데 저 잣거리에서나 봄 직한 서양식 옷차림새를 하고 있는 신사양반이 앉아 있지 않겠습니까? 잿빛 나는 재킷 속에 같은 색상의 조끼를 받쳐 입고, 그는 한쪽 눈에 안경을 걸고 목 중간까지 올라오는 흰 셔츠의 깃을 만지작거리고 있었습니다. 기름을 발라 멋지게 넘긴 가운데 가르마에, 잘 다듬은 콧수염이 꽤 멋진 사람이었지요. 그는 백색의 모시옷 차림에 검은 정자관을 쓰고 연꽃을 응시하는 판서님 앞에 앉아 몸을 앞뒤로 흔들며 어눌한 한국어로 어르신의 환심을 사고 있었습니다. 어른들 옆에는 아가씨가 빳빳이 풀 먹인 산뜻한 모시옷을 입고 얌전히 앉아계셨지요. 그녀가 입은 옷보다 더 하이얀 살빛에 눈이 부셨습니다. 그런데 그곳에 제 또래의 소년이 그런 아가씨를 바라보고 있는 것 아니겠습니까? 저는 훔쳐보고 있었지만, 그는 당당히 마주 앉아 있었지요. 그건, 그곳에 있던 우리들의 차이였지요.

"판서님! 이제 우리 대일본제국과 조선이 하나 될 일만 남았습니다. 동북아시아를 넘어 세계를 제패할 그 날이 곧 올 것입니다. 하하하!"

"진실과 사실은 때로 동전의 양면과도 같지요."

"…… 무슨…… 뜻입니까?"

남자의 한쪽 눈썹이 슬며시 올라가며 미간에 옅은 주름이 잡혔지요.

"조선의 근대화가 개화된 현상이라면 진심은 감춰진 야욕입니다.

"4천 년 동안 가난하고 미개했던 조선이 순식간에 발전하는 모습을 기대하시지요. 판서님!"

"그릇된 과거의 청산과 반성 없이 이루어진 발전은 모래성을 쌓는 것일 뿐이오. 그 모래성은 언젠가 무너지게 되어 있소."

"좋은 말씀이십니다. 일본과 조선은 이제 과거의 역사를 반성하고, 협력하여 세계에 진출하는 미래만 남았지요. 동북아의 힘을 제대로 보여주는 기회가 될 겁니다. 하하하!"

"침략과 방어에 대한 역사는 바르게 고증되고, 기록되어 후세에 전해져야 합니다."

"판서님께서 백성들의 정신적 지주라는 세간의 말이 이해가 갑니다. 저 역시 판서님의 이러한 곧은 성품을 좋아합니다.”

남자는 고개를 돌린 채, 판서님을 곁눈질하며 말을 이었습니다.

“대일본제국과 조선이 협력할 때, 만에 하나 발생될 백성들의 원성과 갈등을 최소화하기 위해서는 가문의 결합만 한 왕도가 없겠지요.”

남자는 그의 아들로 보이는 소년을 내려다보며 옆에 앉은 아가씨를 힐끔거렸습니다. 어른들의 대화를 진지하게 듣고 있던 소년은 아버지를 올려보더니 얼른 상 위에 있던 유과 하나를 들어 아가씨에게 건네는 것이었습니다.

순간 제 가슴에서 불이 하나 올라왔습니다. 태양보다 더 뜨거운, 지옥에나 있을 법한 불이었을 겁니다. 판서님은 연못 어딘가로 시선을 돌리며 긴 수염을 쓰다듬으셨지요. 그 모습을 잠시 지켜보던 남자가 서둘러 일어났습니다. 소년도 아버지를 따라 주춤거리며 일어났지요. 그러나 소년의 시선은 오래도록 아가씨를 향해 있었습니다. 판서님과 아가씨가 조심스러운 발걸음으로 그들의 뒤를 따라나섰습니다.

그들이 다리 중간쯤 걸어 나올 때였습니다. 갑자기 연못 위에서 어른 손바닥만 한 황소개구리가 소년의 얼굴로 뛰어오르는 것이 아니겠습니까? 소년은 경악하며 얼굴을 가렸습니다. 그리고 몸을 돌리는 순간 중심을 잃고 물속으로 빠져버렸습니다. 그와 동시에 뒤따라 건던 아가씨도 연못 속으로 발을 헛디디고 말았습니다. 저는 재빨리 파초에서 나와 연못 안으로 몸을 던졌습니다. 그리고 아가씨에게로 헤엄쳐 갔습니다. 저를 본 아가씨가 허우적거리며 제 목에 팔을 두르자 저는 다급히 그녀를 안고 풀숲으로 올라왔지요. 그리고 소년을 구하기 위해 다시 물속으로 들어갔습니다. 그때였지요. 물 위로 간신히 얼굴만 내밀고 있는 소년의 머리가 갑자기 잠기는 것 아니겠습니까? 급히 물속으로 얼굴을 넣었습니다. 순간 굉장한 일을 목격하고 말았지요. 뻘 속에 박힌 돌 사이로 소년의 발이 낀 것이었습니다. 저는 연못 바닥으로 내려가 그의 신발 끈을 풀기 시작했어요. 흙탕물에 시야가 흐려져 손의 감각으로만 움직여야 했지요. 겨우 신발을 벗기자 소년은 있는 힘껏 발을 빼냈습니다. 그때였습니다. 무언가 제 머리를 강타했습니다. 소년이 발로 제 머리를 세차게 딛고 일어나 물 위로 올라가는 것이었습니다. 저도 정신없이 헤엄쳐서 물 위로 고개를 내밀고 가쁜 숨을 몰아쉬었습니다. 그리고 풀숲으로 기어 올라갔습니다.

정신을 차렸을 때, 눈앞에는 판서님이 계셨습니다. 흰 천으로 제 몸과 얼굴을 닦아주셨지요. 저의 머리를 쓰다듬으시는 손길이 따스했습니다. 그분의 애틋한 눈빛과 미소 띤 얼굴을 보자, 그제야 안도의 숨을 쉴 수 있었지요. 저는 두리번거리며 아가씨를 찾았습니다. 그때, 안뜰에서 칠성 아주머니의 목소리가 들렸습니다. 아주머니가 흰 천을 두른 아가씨의 어깨를 감싸 안고 사랑방으로 들어가고 있는 모습이 보였지요. 그 순간 뒤에서 비아냥대는 소리가 들려왔습니다.

"종놈 하나 잘 키우셨습니다. 판서 어르신!"

남자를 쳐다보는 판서님의 눈길이 매서웠습니다.

"조선땅에선 노비와 말을 섞어서는 안 된다는 것이 예라고 들었습니다. 대신, 판서님께 감사하다는 말씀을 드리고 이만 돌아가겠습니다."

그는 물에 젖은 아들의 어깨를 안고 돌아섰습니다.

소년이 슬쩍 저를 돌아보았습니다. 차갑게 빛나는 소년의 눈동자에 오만과 살기가 스쳤습니다. 저는 그날 밤, 소년의 눈빛을 지우기 위해 몇 번이나 머리를 흔들며 잠을 청해야 했지요.

그렇게 며칠이 지난 어느 날이었습니다. 판서님과 마님은 새벽에 출타하시고 집안은 조용했지요. 일찌감치 논일을 끝내고 나무를 하기 위해 광에서 지게를 짊어지고 나가려는데, 갑자기 행랑채에서 아저씨가 급히 뛰어 나오며 소리쳤습니다.

"너! 먼 짓 한겨?"

저는 지겟작대기를 딛고 서서 달려오는 아저씨를 어리둥절하여 바라보았습니다.

"포도청서 너 잡으러 온다 했다! 이눔아! 아가씨한테 먼 짓 한겨? 일본 영사 아들눔한테 먼 짓을 한겨?"

붉어진 아저씨의 눈동자에 눈물이 어렸습니다.

"너…… 포도청이 무슨 곳인지나 아냐?"

"무…… 무슨…… 무슨 말씀이세요? 대체?"

그때였습니다. 대문이 열리며 커다란 발자국 소리들이 들려오기 무섭게, 몇 명의 포졸이 중문을 박차고 들어왔습니다. 그들은 저를 보자마자 결박하여 끌고 가기 시작했습니다. 곳간에서 칠성 아주머니가 달려 나왔습니다. 팔을 빼내려고 허리를 비틀며 뒤를 돌아보니, 아주머니가 바닥에 주저앉아 계셨습니다. 달려오던 아저씨가 포졸의 다리를 붙잡고 바닥으로 엎어졌습니다. 그러자 그는 방망이로 아저씨의 등을 후려갈기며 다리를 세차게 걷어찼습니다. 내동댕이쳐진 아저씨의 외마디 비명과 함께 아주머니의 울부짖음이 들렸습니다.

저잣거리를 지났습니다. 아이들이 따라오며 소리를 질렀습니다. 어른들은 끌끌 혀를 차며 동정 어린 눈빛을 보내기도 하였습니다. 국밥을 말고 있던 주모가 호기심 어린 시선으로 구경했습니다. 그 옆에서 술잔을 들이키던 노인네는 애써 눈길을 피했습니다. 그렇게 포도청으로 끌려갔습니다. 서슬 퍼런 포졸들과 죽어가는 죄수들이 머무는 그곳에 역겨운 피비린내가 배어 있었습니다. 취조실로 끌려가 이죽이는 눈빛으로 저를 쏘아보는 사람들의 시선도 느껴야 했지요. 그들은 며칠 전 연못 위의 정자에서 만난 일본인 부자였습니다. 저는 두 명의 포졸 사이에서 무릎을 꿇려야 했습니다. 잠시 후, 어디선가 나타난 포도대장이 제 앞으로 걸어 나왔습니다.

"김 판서님 댁, 노비놈이 맞느냐?"

저는 고개를 숙인 채 겨우 입을 열었습니다.

"네……"

"네 놈의 죄를 알고 있으렸다!"

그제야 고개를 들었습니다.

"아니요! 모릅니다! 저는 죄를 지은 것이 없습니다!"

저는 눈동자도 껌벅이지 못한채, 고개만 저으며 그에게 매달리듯 대답했습니다.

"물속에서 영사님 자제의 발목을 잡고 수장시키려 한 죄! 감히 사대부 처자 몸에 손을 댄 죄! 이래도 죄가 없단 말이냐?"

순간 제 시선이 일본인 부자에게 향했습니다. 남자는 조금의 동요와 망설임 없이 여전히 저를 쏘아보고 있었지만, 소년은 슬그머니 고개를 돌렸습니다.

"네 놈의 죄목은 영사님과 자제분의 증언이면 충분하다!"

"방해되는 싹은 어릴 때 잘라내는 것이 좋습니다."

남자의 나지막한 소리가 들려왔습니다. 저는 또다시 포승줄에 묶인 채, 어디론가 끌려갔습니다. 그리고 컴컴한 방 안에 던져졌습니다. 무슨 일이, 왜 벌어졌는지, 판서님은 어디 계신지 답답했습니다. 제발 판서님을 만나게 해 달라고 소리쳤습니다. 아가씨를 뵙고 싶다고 외쳤습니다.

그러나 제 호소는 묻힌 채, 그렇게 하루가 지났습니다.

다음 날이 되었습니다. 군졸들이 들어와 저를 끌고 나갔습니다. 그들은 저를 취조실 옆의 피비린내 나는 컴컴한 방 안으로 끌고 갔습니다. 그리고 그들은 붉은 빛이 도는 거칠고 투박한 긴 나무 의자에 저를 눕혔지요. 그들은 무언가 급히 서두르고 있었습니다. 옆에는 문창호지와 물이 담긴 바가지가 놓여 있었습니다. 포졸이 제 눈을 가렸습니다. 두려웠습니다. 그제야 죽을지도 모른다는 생각이 들기 시작했습니다. 갑자기 무서운 음성이 들렸습니다.

"창호지를 올려라!"

얼굴에 종이의 촉감이 느껴지고 한지의 향기도 났습니다.

"물을 뿌리거라!"

종이가 올려진 얼굴에 빗방울처럼 차가운 물이 뿌려졌습니다. 판서님께서 붓글씨를 쓰시던 모습이 떠올랐습니다. 그러나 그런 기억도 잠시 종이가 말라가며 더 이상 숨을 쉬기가 어려웠습니다. 마실 수도, 뱉을 수도 없었습니다. 비명을 지를 수가 없었습니다. 작은 신음조차 낼 수도 없었습니다. 몸에 경련이 일었습니다. 허리가 뒤틀렸습니다. 목에서 검은 열기가 올라왔습니다. 눈앞에, 엎어진 벼루에서 쏟아진 검은 먹이 덮쳐왔습니다. 머릿속에 전율이 일었습니다. 몸이 앞으로 쏠렸습니다. 뒤로 묶인 팔이 비틀렸습니다. 다리가 흔들리며 나무의자와 함께 옆으로 고꾸라지고 말았습니다.

"허억……"

무슨 소린가를 뱉어냈습니다. 저는 정신을 잃기 시작했습니다. 그때였습니다.

"지금 뭣들 하시는 겁니까? 그 얼굴에서 종이를 떼내시오! 당장!"

주변이 술렁이기 시작했습니다. 어둠 속에서 한 줄기 빛이 흘러들었습니다. 희미한 빛줄기 속에 누군가 서 있었습니다. 낯익은 모습이었습니다. 또다시 소리가 들렸습니다.

"먼저 판서님의 출타 중, 발생된 일에 대한 유감을 표합니다."

날선 검 같은 그녀의 말끝이 순간 떨렸습니다. 차분하고 당당한 기품 속에 두려움이 스쳤습니다.

"그러나 엄연히 사유재산인 노비를 주인의 허락과 검증된 죄목, 명분조차 없이, 관청에서 금지된 도모지 형벌을 은밀히 집행하려 한 당신들의 행위를 낱낱이 기록하여 국왕께 아뢸 것이오!"

열네 살 소녀의 당찬 목소리가 이어졌습니다.

"조정의 혼란과 판서님의 부재를 틈타, 나라와 백성의 물건을 약탈하는 도적 떼가 들끓고 있다 들었소! 이 모든 일에 대한 책임 소재를 분명히 물을 것입니다!"

분노에 찬 소녀가 부르짖었습니다.

"두렵지도 않으십니까……? 하늘이 보고 있습니다!"

칠성 아주머니 심부름으로 장에 가던 어느 볕 좋은 가을날이었습니다. 평민들이 다니는 비좁은 진흙탕 길에는 나뭇짐을 운반하는 황소, 소금을 실은 나귀, 암소 등에 물통을 지고 나르는 물장수들이 다녔습니다. 그 길을 태연히 오가는 사람들은 헝클어진 머리에 웃통을 벗고 있었고 대부분 맨발이었지요. 짧고 누런 저고리 아래로 젖을 내놓고 가는 여인도 눈에 띄었습니다. 나무 상자로 된 짐 보따리를 나르던 중국인 인부가 누군가에게 소리를 지르고 있었지요.

중심가로 들어가자 맑은 하늘처럼 활기찬 거리가 나타났습니다. 푸른색 옷을 입은 관리가 술이 많은 갈기와 멋진 말총을 흔드는 조랑말을 타고 지나갔습니다. 그때, 재갈을 잡고 길을 안내하던 종자가 제게 피하라며 손짓했습니다. 저는 길 한쪽으로 비켜서다 어딘가에 부딪혀 바닥에 주저앉고 말았습니다.

"뭐하는 짓이야?"

위에서 억양 센 목소리가 들렸습니다. 눈을 들어보니, 한 청년이 옷을 털며 일어나고 있었지요. 짙은 남색 바지의 허리에 매인 금속성 벨트가 햇빛에 반짝였습니다. 푸른빛이 도는 서양식 비단 셔츠에 가죽 부츠를 신고 있는 청년의 얼굴은 눈부신 햇살에 가려 잘 보이지 않았습니다. 그러나 그는 얼핏 봐도 지체 높은 부잣집 도련님으로 느껴졌습니다. 그때, 허탈하게 앉아 있는 제 앞에 검은색 승용차 한 대가 멈춰 섰습니다. 운전석에 앉은 사람이 재빨리 내려서 뒷문을 열었습니다. 그러자 청년은 저를 힐끔 내려다보고는 신발을 털듯 바닥을 두어 번 차며 차에 올랐습니다. 저는 열린 창문으로 그의 옆모습을 볼 수 있었습니다. 짙은 눈썹 아래 얇은 눈꺼풀이 덮인 차분한 눈매와 길고 곧게 뻗은 길처럼 반듯하게 내려온 콧날, 적당히 두툼한 입술, 품위 있는 모습이었습니다. 어디선가 본 적이 있는 얼굴, 그리고 낯익은 눈빛이었습니다. 그는 주변을 둘러보고 싶은 마음을 의지적으로 누르려는 듯이 아랫입술을 지그시 물었습니다

저는 옷을 툴툴 털고 일어나, 주위를 살폈습니다. 색동옷을 입은 아이가 "킥킥" 하고 웃음을 터뜨리며 제 옆을 지나갔지요. 저잣거리는 언제 봐도 활기가 넘쳤습니다. 그때였습니다. 흰옷이 물결을 이루고 있는 군

중 속에서 환하게 빛나는 누군가의 모습이 제 시야에 들어왔습니다. 진줏빛이 도는 옥색에 분홍색 테를 두른 장옷 사이로 살며시 얼굴을 내밀고 있는 아가씨를 발견한 것입니다. 저는 빠른 걸음으로 그녀의 뒤를 조심조심 따라갔습니다. 그녀는 서양식 구두와 모자, 핸드백 등을 파는 잡화점 앞에 멈춰 서더니 가판 위에 놓여 있는 자개 거울 하나를 집으셨습니다. 아가씨는 자개장식을 손가락으로 만져보며 월이의 귀에 대고 속삭였습니다. 그러면서 거울에 얼굴을 비춰 보며 고운 머릿결을 쓸어 올리는 것이었습니다.

순간 햇빛을 반사하며 번쩍이던 거울 안에 파란 하늘이 들어왔습니다. 눈이 부신지 아가씨는 거울을 살짝 옆으로 기울였습니다. 그러자, 파란 하늘로 가득 찼던 거울 속에 웬 청년의 모습이 보이지 않겠습니까? 열 걸음쯤 떨어진 자리에 기둥처럼 서서 그녀의 모습을 훔쳐보고 있는 청년 말입니다. 풍성한 속눈썹 안에 감춰진 크고 검은 눈동자가 저를 보고 있었습니다. 저는 황급히 상점의 기둥 뒤로 몸을 숨겼습니다. 그리고 몸을 돌려 시장 한복판을 가로질러 달리기 시작했습니다.

지게꾼이 짊어진 땔감 나무에 어깨를 부딪치고, 여러 개의 옹기들을 짊어지고 가는 독장수와 부딪칠 뻔도 하였습니다. 그러다 사람들의 발길이 뜸해진 길가에 멈춰 섰습니다. 그제야 숨을 헐떡이며 바닥에 주저앉고 말았지요. 달아오른 얼굴은 식을 줄을 모르고 숨은 턱까지 차올랐지요. 저는 힘없이 일어나 터덜터덜 개천 아래로 내려갔습니다.

시원한 바람이 옷깃 속으로 파고들자 그제야 마음이 가라앉기 시작했지요. 저는 주변을 둘러보았습니다. 개천 건너에 아낙들이 평평한 돌에 웅크리고 앉아 빨래를 하고 있었지요. 옆에는 발가벗은 아이들이 물장구를 치고 있었습니다. 얼마 후, 아이들은 빨래를 마친 어머니와 함께 집으로 돌아가겠지요. 그리고 물기를 짠 흰옷을 털어내어 빨랫줄에 널겠지요. 반나절이 지나면 햇살과 바람이 그들의 흰옷과, 흰 이부자리를 산뜻하게 말려줄 겁니다.

아이들을 바라보며 갖가지 상념에 잠겨 있었습니다. 그때, 봇짐을 멘 두 명의 꼬마들이 다리를 건너오고

있는 모습이 보였습니다. 열두어 살쯤으로 보이는 남루한 옷차림의 앳된 소년은 등에 진 빗자루와 짚신 몇 켤레가 무거운 듯이 짚신을 끌며 걷고 있었습니다. 상대적으로 가벼운 발걸음으로 걸어오는 소녀는 갓난아이를 업고 있었지요.

저를 힐긋거리며 다가오는 소년에게 넌지시 물었습니다.

"이 근처에 사니?"

"개천 건너 사릿골에 산다우."

소년은 개울 건너 어딘가를 힘없이 가리키더니 손등으로 이마에 맺힌 땀방울을 훔쳤습니다.

"원래는 다른 데서 살았시유. 울 아부지가 포도청에 끌려가서 소식이 없는 바람에 한양으로 올라왔시유."

소년의 말에 포도청에서 지옥 같은 죽음에 직면했던 고통이 떠올랐습니다. 무의식에 묻어왔던 상처가 떠오르며 소년에게 연민이 느껴졌습니다. 옆에 있는 소녀를 가리키더니 어느 부잣집에 얹혀살면서 아이를 돌보고 심부름도 해 주는 여동생이라고 했습니다. 남매는 오랜만에 시장에서 해후를 했나 봅니다. 그러나

만면에 웃음이 가득한 여동생의 미소가 무색할 정도로 소년은 기운이 없어 보였습니다. 엷은 미소를 짓고 있었지만, 슬프고 불안한 그의 두 눈엔 분명히 무언가 있었습니다. 그것은 불과 소녀보다 한두 해나 더 살아봄직한 소년이 그들의 미래가 그다지 낙관적이지만은 아닐 것이라는 체념이 담긴 삶에 대한 일종의 배신감이 깃든 것이었지요.

네! 시대가 그러했습니다. 거센 외세와 신문명이 소리 없는 물결처럼 스며들던 시절, 굶주린 백성들의 가난은 꼬리에 꼬리를 물고 우리들의 삶을 조금도 비켜나갈 생각을 않고 악순환되며 그림자처럼 따라다니던 시대였습니다. 신분의 차별이 사람의 의식 속으로 전이되듯, 가난도 뼛속 깊이 유전되어, 우리네 인생은 삶에 대해 도전할 만한 가치와 야심, 꿈조차 자유로이 꿀 수 없는 시대였습니다.

저는 생각을 멈추고 소년을 바라보았습니다. 시장판을 얼마나 헤맸는지 짚신 뒤축이 거의 헤져 있었지요. 점심때가 한참이나 지났는데도 끼니를 때우지 못한 듯 보이는 아이들에게 국숫집에 가자고 말했습니다. 그러자 소년의 얼굴에 금세 화색이 돌았습니다. 구수한 냄새가 나는 국숫집에 들어가자 소년의 눈동자에 아까와는 또 다른 빛이 번뜩였습니다. 그것은 그날 소년에게 어쩌면 처음이자, 마지막 식사였을지 모를 한 끼가 해결된 것에 대한 진정한 감사의 빛이었을 것입니다. 탁자 앞에 앉은 소년은 어색하다 못해 자못 불안해 보이는 동생과는 달리 아이처럼 마냥 들떠 있었습니다. 여러 가지 천 조각을 이어서 바느질한 저고리의 목깃과 소매에 검은 때가 찌들어 있었지요. 소년의 얼굴도 그의 누추한 옷차림과 별반 다르지 않았습니다. 소년은 국수가 탁자 위에 올려지자, 후후 불어가며 국물을 허겁지겁 들이켜기 시작했습니다. 마지막 국수 가락을 후루룩 마신 소년은 소맷자락으로 입가를 닦으며 여동생의 그릇을 흘끔거렸습니다. 저는 얼른 국수 한 그릇을 더 주문했지요.

그런데 아까부터 웬 꼬마가 식당 안을 기웃거리고 있었습니다. 제 옆에 앉아 국수를 먹던 소녀가 문밖을 응시하는 저를 보더니 의아한 얼굴로 고개를 돌렸습니다. 순간 소녀의 얼굴이 밝아지며 그 아이를 향해 손짓을 했지요. 꼬마 역시 의뭉스런 시선을 거두고 잽싸게 문을 열고 들어왔습니다. 아이는 남매의 막냇동생이라고 했습니다. 부잣집에서 물을 길어주고 심부름을 하는데, 장날에는 삼남매가 다리 아래에서 만나기로 약속을 했다고 합니다. 그러나 거의 대부분은 주인어른의 심부름을 하느라 장날에 맞춰 빠져나오기가 힘들다고 했습니다.

꼬마는 옷소매에 코를 닦으며 저를 힐끔힐끔 살피더니 고개를 갸우뚱거렸습니다.

"아까 잡화점 뒤에 있는 기둥 옆에 서 있지 않았수?"

순간 얼굴이 화끈거렸습니다. 저는 아랫입술을 물고 서서 동그란 눈망울로 저를 보는 아이를 물끄러미 바라보았지요. 꼬마는 코를 한 번 들이키더니 익살스러운 미소를 지었습니다.

"히히히…… 주인어른이 그러셨어요. 앞으로는 신분이 없어진대요."

맑은 눈망울의 천진한 아이가 뭉툭한 손가락으로 저를 가리키며 의기양양하게 말하는 것이었습니다.

"전 봤어요."

"뭘…… 말이냐?"

제 목소리는 점점 작아졌습니다. 약간 떨리기도 하였습니다. 꼬마의 손가락은 마치 판결을 기다리는 죄인을 지목하는 것 같았지요.

"눈 속에 불꽃이 번쩍였어요."

"불꽃?"

"조선땅을 다 태울 것 같았어요…… 히히."

꼬마는 저를 흘기듯이 옆 눈으로 쳐다보며 당돌한 말을 내뱉더니 국숫집이 떠나가라 웃어댔습니다. 영문도 모르는 남매도 동생을 따라 웃었습니다. 저는 그만 붉어진 얼굴과 들켜버린 마음을 감추기 위해 고개를 숙이고 말았지요. 아이들과 헤어지고 다시 시장으로 향했습니다. 막 노을이 번져가는 초저녁, 상인들은 가판 위의 물품들을 상점 안으로 들여 놓고 있었습니다. 저는 잡화점 앞을 기웃대다 불을 끄고 나오는 주인에게 쭈뼛거리며 다가갔습니다.

"저…… 아저씨! 자개 거울 사러왔소……"

주인은 돌아서서 헛기침을 한 번 하며 말했습니다.

"흠…… 낮에 어떤 애기씨 한 분이 사려다가 만 거울

이 남아 있긴 한데……"

그리곤 문을 열고 들어가 가게 한구석에서 거울을 집어 들고 나왔습니다.

"이거 찾소?"

가슴이 뛰었습니다. 모든 사람들에게 제 마음을 들킨 것처럼, 세인들의 눈길이 제게로 향하는 것처럼, 하늘과 땅의 기류, 온 세상의 시선과 미물들의 기운이 우리를 향해 다가오는 듯했습니다. 쿵쿵 뛰는 심장 아래로 시퍼런 물결이 심장 아래를 넘실대며 파고들었습니다.

"마지막 손님이니 손해 보고 줌세. 운 좋은 줄 알게!"

저는 거울을 옷 속 깊이 품고 집으로 향했습니다.

5월의 햇살이 따사롭게 내리쬐던 어느 봄날이었습니다. 그날은 판서님과 마님이 이른 새벽 출타하셨지요. 그러나 아가씨는 고뿔에 걸린 듯하다 하시어 별당에 누워 계셨습니다. 월이는 아가씨를 챙기느라 여념이 없었지요. 저는 마당 한구석에서 싸리비를 들고 서 있다가 약 그릇을 가지고 나오는 월이에게 슬며시 다가가 물었습니다.

"애기씨는 좀 어떠셔?"

월이는 고개를 갸우뚱거리더니 입술을 삐죽 내밀며 퉁명스레 대꾸했습니다.

"내 보기엔 아파 보이지두 않더구만. 따라가기 싫어서 꾀병 부리시는 거 아닌가 몰러!"

월이가 급히 손으로 입을 가리며 주위를 살피더니 나지막이 속삭이듯 말했습니다.

"전번에두 애기씨 아프다시구 별당에 누워 계신다 했는데 몰래 없어지셨잖어. 사랑방이고, 곳간이고, 다락이구 하다못해 행랑채까지…… 내가 온 집을 다 뒤졌잖어. 그날 마님한테 얼마나 혼났는지 몰러!"

"어디 별스런 데 가실라구. 애기씨가……"

저는 별당을 슬쩍 넘겨보며 말했습니다.

"밤이슬, 새벽이슬 맞구 어딜 그렇게 쏘다니시는지. 여염집 규수나 되남? 판서님댁 외동딸이 저러구 다닌다구 소문이나 나면 어디서 혼담이나 들어오겠어?"

그도 그럴 것이, 하인들 사이에서 애기씨가 새벽녘에 나가거나, 늦은 시간에 출타하신다는 얘기들이 비밀스럽게 오가던 때였습니다. 저는 지게를 지고 대문 밖을 나섰습니다. 5월 햇살에 눈이 부셨습니다. 그러나 아가씨 생각에 부서지는 햇살을 받을 새도, 연둣빛 들판을 바라볼 여유도 없이 터덜터덜 돌다리를 건너 산기슭을 올라가고 있었습니다.

그때, 몇 발짝 앞에 있는 측백나무 뒤로 자줏빛 치맛자락이 삐죽이 나와 있는 모습이 눈에 들어왔지요. 대낮에 여인네들은 함부로 거리를 활보하지 못할 때였습니다. 더군다나 산이라니요? 저는 고개를 빼고 나무 뒤쪽을 살펴보았습니다. 그 순간, 자줏빛 장옷으로 몸을 감싼 여인이 걸어 나오는 것이었습니다.

"누…… 누구……?"

여인이 장옷 사이로 슬그머니 고개를 내밀었습니다. 그런데 그 여인은 바로 아가씨가 아니었겠습니까?

"어…… 애기씨가 어떻게 여길?"

저는 황급히 주변을 살피며 물었습니다.

"어디 좀 다녀오는 길인데, 갑자기 인기척이 나서."

당돌한 눈빛으로 별일 아닌 듯이 말하는 아가씨에게 걱정스러운 말투로 대답했지요.

"이 대낮에 어딜 다녀오셨어요? 애기씨 아프시다고 분명히 누워계신 걸 봤는데……"

그녀가 새벽이슬을 밟는다는 말을 들은 이후로, 저는 마치 불한당처럼 계속 별당채 주변을 어슬렁거렸습니다. 당시에는 서양 사람들에게 서양종교를 배우거나, 의술을 배우기 위해 몰래 밤이슬을 맡고 다니는 여인들이 간혹 있던 때였으니까요. 그날도 저는 문틈으로 분명히 그녀가 누워 있는 모습을 몰래 확인했었습니다.

아가씨의 크고 검은 눈동자가 저를 빤히 쳐다보았습니다. 저는 사랑스러운 소녀의 태가 사라져가며 점점 성숙한 여인이 되어 가는 아가씨의 시선을 피할 도리도 없이 그저 바라만 보았지요. 그녀의 눈빛이 가늘게 흔들리는가 싶더니, 아가씨는 저쪽 숲으로 시선을 돌리셨습니다. 저도 흠칫놀라 고개를 숙여야 했지요.

"애기씨……그만 가셔요. 제가 모셔다 드릴게요."

그녀는 말없이 제 앞을 걸어나갔습니다. 아가씨의 치맛자락이 발걸음을 따라 사각사각 소리를 낼 때마다 아카시아의 진한 향기가 실려 왔습니다. 갑자기 몇 발

짝 앞서 걷던 그녀의 걸음이 멈췄습니다. 그리고 제게로 돌아서서 가슴에 품고 있던 두꺼운 책 한 권을 건네며 물었지요.

"이것 좀 들어 줄 수 있어?"

'서양 의술'이라 씌여진 책이었습니다.

"혹시 결핵이라고 들어봤어?"

아가씨 얼굴에 갑자기 근심의 빛이 어렸습니다.

"망국병이요?"

"맞아. 그 병 때문에 아이들이 죽어가고 있대."

그녀는 그윽한 눈길로 먼 산을 바라보며 나지막이 속삭였습니다.

"조선의 아이들을 살리고 싶어……"

하늘을 바라보던 아가씨의 시선이 제게로 향했습니다. 그 눈빛에는 마치 망국병에 걸린 아이를 바라보는 듯한 애틋함이 담겨 있었습니다.

"우리 조선이 개국을 하면 신분제도가 없어진다는 얘기…… 들어봤어?"

"신분이…… 없어진다구요?"

"앞으로는 양반과 하인이 친구가 될 수도 있다는

거야."

그녀가 제게서 고개를 돌리며 말했습니다. 그리곤 몸을 돌려 총총히 걸음을 옮기는 것이었습니다.

시국이 어수선했습니다. 농민군들이 정부의 개혁을 요구하며 전국각지에서 일어났습니다. 1894년 드디어 부세 제도의 개혁과 신분제가 폐기되는 갑오개혁이 일어났습니다. 네! 아가씨의 말이 맞았습니다. 노비제도가 폐지된 것입니다. 노비들이 모두 나와 마당 한가운데 모였습니다. 어떤 이는 만세를 부르기도 했고, 또 어떤 이는 무릎을 꿇고 하염없이 눈물을 흘리기도 했지요. 그러나 칠성 아주머니는 곳간과 부엌을 드나드시며 평소보다 더 바삐 움직이고 계셨습니다.

대청 한 가운데 바위처럼 서 계시던 판서님이 마당으로 천천히 내려오셨습니다. 한걸음, 한걸음 흔들리지 않는 곧은 발걸음이 우리들 가까이 다가왔습니다. 그 순간, 흥분된 기쁨이 무거운 침묵 속에 잦아들며 또 다른 격변의 시간, 어쩌면 더한 고통의 시간들이 찾아올 것임을, 살아남는 법을 본능적으로 타고난 우리들은 감지하고 있었을 것입니다. 마당에 모여 있던 노비, 아니 민초가 된 우리는 슬금슬금 서로의 눈치를 보며 어딘가로 향하시는 판서님의 길을 내드렸습니다. 갑자기 제 옆에서 판서님의 걸음이 멈췄습니다. 순간 제 심장이 뛰기 시작했습니다. 판서님이 저를 돌아 보셨습니다. 그 눈빛…… 판서님의 눈동자가 담고 있던 수많은 의미…… 그것엔 죽음에 임박한 사람이 놓칠 수 없는 이생의 끈처럼 절대 피할 수 없고, 놓을 수 없는 숱한 의미가 하나로 집결된 특별한 힘이 실려 있었습니다. 무게 실린 시선이 화살처럼 제 폐부를 뚫고 들어왔습니다.

어느새 아주 가까이 다가오신 판서님이 제게 손을 내미셨습니다. 판서님의 떨리는 손이 주먹 쥔 저의 손을 잡으셨지요. 판서님의 온기가 혈류를 타고 흘러들었습니다. 저는 망부석처럼 뻣뻣해진 몸을 판서님께 의지한 채, 서 있어야 했습니다.

구한말, 황혼의 장터 같은 외세의 틈새 속에 실낱같은 명분만을 유지하던 우리 조선이었습니다. 당시 판서님은 상실해 가는 민족의 체통을 지키기 위해, 분열

하는 조선의 정치세력을 위해 왕에게 금식하며 눈물의 상서를 올리고 계셨습니다.

"너는 버려진 것이 아니다. 사명을 위해 비천한 태생을 하늘로부터 허락받은 것이다. 지금부터는 네 소명을 위해 살아야 한다!"

판서님의 떨리는 목소리가 제 귀에 울렸습니다. 심장이 급속도로 요동치기 시작했습니다. 마치 심장으로 향하는 모든 혈관이 역류한 듯이 가슴 밑바닥에 숨겨졌던 무형의 덩어리가 갑자기 혈관을 뚫고 치솟아 울컥하며 올라왔습니다.

'버려진 것이 아니다……!'

일순간 태생부터 서러웠던 삶을 부정하는 한 마디가 세찬 폭풍우처럼 휘몰아쳤습니다. 갑자기 저는 새로 태어난 것 같았습니다. 누더기를 벗고 비단옷을 걸친 것만 같았지요. 그날 노비의 신분에서 해방된 기쁨에 비교할 수 없을 만큼, 지금까지 가슴 저 밑바닥에 지울 수 없이 선명하게 각인된 것은 판서님의 눈빛이었습니다. 그것은 다가올 조선의 운명에 대한 절망, 그럼에도 이 민족의 미래를 위해 새 시작의 언약을 지어주어야 하는 슬픔, 그것에서 희망을 기대할 수밖에 없는 무력한 노인의 참담한 예언이 담긴 것이었습니다. 그것은 아직 해방이라는 자유보다 두려움이 앞서는 풋내기 소년의 가슴에 뜨거운 첫사랑처럼 부어진 충동의 시작이었습니다. 버려진 태생, 마치 그 이전의 삶을 꿰뚫어 보는 듯한 판서님의 눈빛은 지금의 저를 있게 해준 생존의 숨결 같은 것이었습니다.

일부 노비는 짐을 챙기느라 여념이 없었습니다. 또 일부는 판서님 댁에서 머슴으로 살겠노라 했지요. 풀려난다 한들 생계가 막막했던 노비들의 어쩔 수 없는 선택이기도 하였지요. 저는 갈등했습니다. 아가씨 때문이었지요.

"아주머니, 저랑 나가 살아요. 제가 열심히 일해서 아주머니 편히 모실게요."

몇 날 며칠 아주머니를 설득했습니다.

"내야, 나가도 여 살아도 뭐 달라질게 없재. 굽이치는 인생을 우리 판서님, 마님과 함께 보내었다. 누가 뭐라 해도 난 여기 있을란다. 낸 우리 판서님과 마님을 우리 조선처럼 섬기고 살아왔다. 다른 나라 앞잽이에 붙은 놈들이 얼매나 많어? 나라도 남아야 재. 판서님과 마님을 섬겨야 재. 그게 인간 된 도리지. 조선을 배신할 순 없재."

아주머니의 눈에 눈물이 어렸습니다. 평생을 남의 집 곳간채와 부엌, 빨래터, 일터에서 보낸 늙은 노비의 가슴에 시리도록 저린 충심을 나라님은 알고 계셨을까요?

"너는 나가야 재. 우리도 잘 살라믄 서양 학문을 알고 배워야 한다 하드라! 우리야 이렇게 살다 간다지만, 느덜은 좀 더 나은 세상서 살아야지 않겠냐?"

그렇게 열일곱 해를 살았던 판서님 댁과 아주머니의 품을 떠나왔습니다. 저는 신작로를 넓히는 노동을 했습니다. 쇠스랑으로 굳은 흙을 부수고 삽질로 흙을 옮겨다 놓는 일이었지요. 또 쉬는 날이면 장터 주변을 돌며 날품팔이를 했고, 한창 바쁜 농사일을 도와주고 곡식을 얻기도 했습니다. 해방되기 전, 만주와 연해주까지 가서 장사를 하는 도망간 노비들이 있을 때였습니다. 그들 중 누군가는 부자가 되었다는 소문도 간간이 들려왔습니다. 그러나 저는 여전히 아가씨의 주변을 벗어나지 못하고 있었지요. 그래서 먼발치에서라도 아가씨를 보기 위해 매주 예배당에 갔습니다.

"사랑하십시오. 신분의 차이 없이 사랑해 주신 예수님처럼 서로를 사랑하십시오."

설교 때문인지, 아가씨의 단아한 뒤태 때문인지, 예배당은 점차 제게 마음을 편안히 내려놓고 쉴 수 있는 곳이 되어가고 있었습니다. 그러던 어느 날이었습니다. 그날도 저는 예배당을 서성이며 아가씨를 기다리고 있었습니다. 그때, 뒤에서 누군가가 저를 불렀습니다.

"차 드시고 가시랍니다. 선교사님이 방에서 기다리고 계십니다."

저는 문밖으로 나오는 여인들을 눈으로 쫓으며 그분을 따라 선교사님의 사택으로 향했습니다. 그런데 집으로 들어가자, 방문 틈으로 아카시아 향내 같은 익숙한 향기가 흘러나왔습니다. 그때였습니다. 문이 열리며 그곳에서 아가씨가 나오는 것이었습니다. 저와 마주친 그녀는 황급히 시선을 발끝으로 모았습니다.

풍성한 검은 눈썹이 그녀의 눈동자를 가렸습니다.

가까이에서 본 그녀는 예전보다 키가 한 뼘은 더 커져 있었습니다. 얼굴의 골격은 여인의 형태를 잡아가며 콧날은 더 높아져서, 마치 저잣거리에서나 봄 직한 서양 여인네처럼 보였습니다. 단지 허리까지 땋아 내린 칠흑 같은 머리와 짙은 눈썹, 검고 깊은 눈동자만이 신비로운 동양의 문화와 예를 지닌 여인임을 느끼게 해 주었지요. 그때 아가씨는 분명히 사랑스러운 소녀에서 성숙한 여인으로 성장해 가는 미묘하고 달콤한 시간을 조심스레 보내고 있었습니다. 그녀는 섬세한 여인이 겪을 법한 내면의 갈등과 혼돈의 마지막 시간을 막 지나가고 있었습니다.

저를 숨 막히도록 아찔하게 했던 것은 그녀의 고혹적인 자태 때문만은 아니었습니다. 판서님과 마님에게서 전수되어진 인간에 대한 사랑과 연민이 성숙해진 그녀의 정신에 확고하게 자리 잡으며 만들어지던 풍요로운 분위기 때문이었을 겁니다. 그 신비롭고 수려한 아름다움은 당시의 조선처럼 명분과 형식이 소멸되어 가는 격정의 시간이 지난 후에 드러난 실체 위로 더해진 열정, 흔들림 없는 강하고 담대한 정신으로부터 보여지는 것이었습니다. 그것은 누군가를 향한 순전한 믿음으로 인해 생겨난 것이라고 저는 믿었습니다.

"들어오세요. 선생님……"

멀어지는 아가씨의 뒷모습을 바라보고 있자니, 뒤에서 어색한 발음에 부드러운 말소리가 들렸습니다. 저는 뒷머리를 긁적이며 방안으로 들어갔습니다.

"앉으시지요."

탁자 위에는 누군가가 보내온 서신이 펼쳐 있었습니다.

"선생님, 실례지만 그동안 꾸준히 예배당에 찾아오시는 모습을 눈여겨보았습니다."

"네…… 그런데, 무슨 일이신지요?"

"먼저 따뜻한 차 한잔 하시지요."

찻잔에 담긴 흑갈색 차를 한 모금 삼켰습니다.

'아가씨는 이 분과 무슨 이야기를 나누었을까? 아가씨와 관계된 일일까? 설마……'

"미국에서 가지고 온 커피라는 차입니다. 원래는 한국의 보약처럼 쓴맛이지만, 설탕을 넣어서 달콤할 겁니다. 우유를 넣기도 하지만, 조선 사람들은 소젖을 어떻게 먹냐며……하하하.”

그가 호탕하게 웃었습니다.

“그런데 아까 나가신 아가씨는 무슨 일로……”

“아버님 되시는 판서님의 서신을 가지고 오셨습니다.”

“판서님요?”

“저와 얼마간 서신을 주고받았습니다. 그분은 우국지사시며 또한 선생님에 대한 기대가 특별한 분이십니다.”

그는 커피 한 모금을 마신 후, 오래된 친구를 만난 듯이 친근한 눈길로 저를 바라보았습니다.

“선생님! 제가 조선에 온 지 올해로 10년이 되어갑니다. 저는 이제 이곳이 제 고향처럼 편안합니다. 정직하고, 소박하며 향학심이 풍부한 조선 사람들의 민족성 때문이라고 생각합니다.”

그를 물끄러미 쳐다보고만 있었습니다. 서양인이 바라본 조선의 모습이 그럴 리가 없다고 느꼈기 때문입니다. 왕비가 일본 자객에 의해 살해된 후, 고종황제가 왕세자와 러시아 공사관으로 파천한 상태라 조정은 공황상태였는데 말입니다.

"친러정책으로 지지기반이 약해진 일본이 독립국가의 체면이란 명분을 내세워 국왕의 조속한 환궁을 요청하고 있습니다. 그러나 국왕은 더 이상 열강에 흔들려서는 안 된다고 생각합니다."

"그런 우리 조선이 우습지 않으십니까?"

찻잔을 내려다보며 담담히 물었습니다.

"조선이 강해지는 과정이라 생각합니다."

뜻밖의 선교사님 말씀에 갑자기 가슴이 뜨거워지는 것 같았습니다.

"우리는 백성을 진정으로 사랑하는 어버이 같은 지도자를 원합니다."

판서님의 모습이 스치듯 지나갔습니다.

"맞습니다. 그래서 지금 조선은 인재가 필요합니다. 저는 서학이 우수하다고 감히 말씀을 드릴 수는 없습니다. 그러나 조선보다 일찍 근대화된 서양의 학문을 공부해 보시면 어떨까 싶습니다. 그래서 이렇듯 선량한 민중을 위해 일해 주셨으면 좋겠습니다."

'제가 무엇을 할 수 있겠습니까?'

노동하면서도 여전히 마음 한 켠에서는 공부를 하고 싶은 꿈을 버리지 못하고 있던 때였습니다. 판서님의 배려로 서당을 다닐 수 있었기에, 저도 누군가에게 배움으로 인한 만족과 기쁨을 누리게 하고 싶었지요. 또한, 그것은 칠성 아주머니의 바람이기도 하셨습니다. 그분의 말씀은 오랜 제 갈망을 이루어 줄 것만 같았습니다. 그러나 여전히 노비라는 신분에 묶여 있던 저는 아무것도 자신할 수 없었습니다.

"선교사님, 공부를 하면 저도 관청에서 일 할 수 있습니까? 보란 듯이 일본놈도 취조할 수 있습니까?"

"그럼요. 학교 정규 수업을 이수하시면 됩니다."

옆에 있던 냉수를 벌컥벌컥 들이키며 또 물었습니다.

"그럼, 상놈이 양반이 될 수도 있습니까?"

"선생님, 노비제도는 폐지되었습니다. 이제 우리는 평등한 사람이 되었다는 것입니다."

"그런 거 말구…… 제도니 법이니…… 형식적인 제도 말고, 사람들의 의식 말입니다. 생각 말입니다. 양반이

상놈이었던 사람한테 지시를 받을 수 있겠냐 이 말입니다. 공부를 배우겠냐 이 말입니다! 종놈이 상전댁 따님과 당당히 혼인도 할 수 있겠냐 이 말입니다!"

마지막 말은 마치 외침과도 같았습니다. 눈이 뜨거워졌습니다. 열기가 눈까지 올라와 빠질 듯이 아팠습니다.

"민중의 의식 변화를 위해서는 교육과 오랜 시간이 필요합니다. 선생님처럼 용기 있는 누군가가 민중의 생각 속에 뿌리박힌 편견의 고리를 끊으면 됩니다."

얼마 후, 저는 정동에 있는 배재학당에 입학할 수 있었습니다. 동양과 서양의 문명이 교차하던 시절, 서양의 민주주의가 모든 이들에게 배움의 문을 열어놓은 배재학당으로 운명처럼 들어가게 되었지요. 그곳에서 미국문물보다 더 귀중한 것을 배웠습니다. 그것은 정치적인 자유였습니다. 자유와 평등에 대해서 눈을 뜨게 된 것입니다.

당시 배재학당에서 청년들이 모여 미국식 토론회를 하면서 개화와 구국 운동의 방향성을 논하기도 했습니다. 청년단체에 소속되어 토론하고 서학을 공부하게 되면서 저의 세계가 점점 더 넓어지고 있었습니다. 제 가슴을 뛰게 했던 것은 민중에게 진정한 시민의식을 알리는 것이었습니다. 저는 아가씨의 노비였던 신분에서 자유롭고 싶었고, 그녀와 평등하게 관계 맺을 수 있다는 당위성을 민주주의 이론에서 끌어내어 스스로 위로하고 있었습니다. 저는 아가씨와 어울리는 사람이 되고 싶었습니다. 세상에서 가장 고귀하고 아름다운 감정인 사랑은 자유롭고 평등하게 인간에서 인간으로 물처럼 흐르는 자연스러운 감정이 되어야 함을, 신분과 지위와 재산, 어떤 것으로도 그 성스러운 물길을 막을 수 없다는 진리를 세상에서 인정받고 싶었습니다. 어쩌면 그것은 배움의 욕구보다 앞선 감정, 그 근간이 되었을지도 모릅니다.

저는 자주 예배당에 들르곤 했습니다. 명분은 저를 후원해 주시는 선교사님을 만나기 위해서였지만, 발이 드려진 옆 공간에서 새의 지저귐 같은 아가씨의 목소리가 간간이 들려왔기 때문입니다. 청아한 목소리를 들으며 아이들에게 한글을 가르치는 아가씨의 모습을 상상하는 것은 제겐 휴식과도 같은 시간이었습니다.

예배를 드리는 날이면 저는 전날에 하얗게 빨아 말린 조끼적삼을 입고, 광이 나게 닦은 고무신을 신고 예배당을 향했습니다. 예배당 안에는 천정에서 내려진 발이 남자 석과 여자 석을 구분해 놓고 있었지요. 언제나 발 옆에 가서 자리를 잡습니다. 간혹 창을 통해 들어오는 바람에 발이 조금이라도 흔들리면 아가씨의 모습을 볼 수 있으리라는 기대감 때문이었지요.

어느 주일이었습니다. 아가씨도 기억하고 계실까요? 그날은 웬일인지 갈색의 발 대신, 흰 광목이 드려져 있었습니다. 바람이 유난히도 많이 불던 날이었지요. 선교사님의 설교 중간중간, 창의 덧문이 삐거덕거리는 소리가 간간이 들려왔습니다. 그런데 갑자기 덧문이 열리며 거센 바람이 불어오더니 아가씨와 저의 사이를 막고 있던 뻣뻣한 광목이 마치 부드러운 물결처럼 넘실거렸습니다. 재빨리 고개를 돌렸습니다. 무슨 연유에서인지 아가씨도 얼굴을 돌리셨지요.

우리의 시선이 마주치던 짧은 순간, 아가씨의 동그란 눈동자가 미세하게 흔들리는 것을 저는 보았습니다. 눈치 없이 불어오는 바람에 광목은 우리의 눈앞에서 하얗게 펄럭이다 천정으로 다시금 날아올랐습니다. 떨리는 가슴들이 또다시 부딪혔습니다. 눈부시게 흰 천이 파도처럼 넘실거릴 때마다 아가씨와 저의 시선이 몇 번이나 마주쳤는지요. 그때마다 아가씨의 물기 어린 눈동자엔 세미한 미동이 일었습니다. 아가씨도 제 시선을 피하지 않으셨지요. 저의 시간도…… 심장도 멈춘 것 같았습니다. 아니 그대로 멈추기를 바랐습니다. 어렴풋이 어떤 기억이 떠올랐습니다. 꼬마들의 머리 위로 흰 배꽃이 소년의 눈물같이 떨어지던, 그날로 돌아간 것만 같았습니다. 눈이 마주칠 때마다 숨이 멎을 것만 같았습니다. 깊고 고요한 샘에 파장이 일듯 어느 순간 아가씨의 눈동자에 옅은 불안감이 스몄습니다. 뺨에는 홍조가 돌았지요. 저와 아가씨의 눈길이 마주치던 순간은 제게 영원과도 같은 시간이었습니다. 아아…… 아가씨! 그때 당신은 무슨 생각을 하셨나요?

배재학당에서 제 성적은 우수했습니다. 누구보다 열심히 공부했지요. 어느 날, 선교사님은 제게 미국에

서 공부할 것을 권하셨습니다. 저는 갈등했습니다. 배를 타고 바다를 건너 노란 머리에 파란 눈을 가진 사람들의 나라에서 산다는 것은 겁나지 않았습니다. 두려웠던 것은 바로 아가씨였습니다. 아가씨를 볼 수 없다는 것은 상상할 수도 없는 일이었으니까요.

당시 저는 고민이 생길 때면 산을 오르곤 했지요. 그날도 정처 없이 산길을 걸었습니다. 얼마나 올라왔는지 고요한 숲의 수풀 속에서 '바스락바스락' 새의 날갯짓 같은 소리가 또렷이 들려왔습니다. 저는 수풀 사이를 살피려고 고개를 돌렸습니다. 그때, 큰 나뭇가지 사이로 아가씨의 모습이 보이는 것 아니겠습니까? 아가씨가 가슴에 책을 안고 산길을 내려오고 계셨지요. 정신이 아득해지는 것 같았습니다. 그녀는 또 홀로 외출을 했던 것입니다. 저렇게 아리따운 아가씨가 혼자 다니다 봉변이나 당하지 않을까 정말 걱정스러웠습니다. 설레는 마음과 동시에 슬그머니 화도 치밀었습니다. 그런데 그녀의 얼굴을 보자 금세 화가 사그라 들었지요.

아가씨의 이마에 맺힌 땀방울이 마치 꽃잎에 내린 이슬처럼 보였습니다. 상기된 두 뺨은 청순하면서 정열적으로 피어난 야생 장미와도 같았지요. 아가씨는 숨 막히도록 아름다웠습니다. 인정하고 싶지는 않았지만, 별당채를 거닐던 아가씨보다 산기슭에서 마주친 그녀는 신선한 아름다움의 생명력으로 가득했습니다. 경쾌한 발걸음을 내딛던 아가씨의 발걸음이 느려졌습니다. 분명히 화가 났을 법한 제 마음을 아시는지 아가씨는 당돌한 시선을 내리뜨고 걸어오셨지요.

"애…… 애기씨……"

적막이 흐르는 숲 속에서 가슴 뛰는 청년의 목소리가 나지막이 흘렀습니다. 그녀의 걸음이 멈췄습니다. 그리고 청초한 새벽녘, 비질하는 하인의 모습을 바라보던 그때처럼 고개를 부드럽게 돌리셨습니다.

저는 조심스럽게 말문을 열었습니다. 바다를 건너 미국이란 나라에 갈지도 모르겠다고 말이지요. 갑자기 아가씨의 몸이 굳어진 것 같았습니다. 아가씨는 홀연히 다른 세상으로 날아간 것 같았지요. 다만 영혼이 사라진 아가씨의 육체만이 제 앞에 서 있는 듯했습니다. 저는 곱게 땋아 내린 아가씨의 머리와 비단 저고리의 고운 자태를 한동안 바라보고 있었습니다. 그러자, 나뭇잎 사이로 바람이 불어오는 소리와 새들의 지저귐 속에서 낮고 차분한 목소리가 들려왔습니다.

"지금 조선은 인재가 필요하니까……"

가슴이 무너졌습니다. 섣부른 기대와는 달리 의미 있는 아가씨의 한마디가 순식간에 청년의 가슴을 먹먹하게 만들었습니다. 아무 말도 할 수가 없었습니다. 저는 다시 아가씨의 말씀을 충직하게 따르던 노비가 되고 말았습니다. 그녀는 고개를 돌려 천천히 발걸음을 떼었지요. 아가씨의 뒤를 멀찍이 따라 내려갔습니다.

얼마나 걸었을까요? 아득한 꿈처럼 들려오던 개울물 소리가 점차 크게 들려왔습니다. 언덕 아래를 내려다보니 아가씨는 돌다리 앞에서 잠시 머뭇거리고 계셨지요. 아가씨는 주위를 살피며 치마를 살짝 들어 올렸습니다. 그런데 조심스럽게 한 발을 내딛는 순간 다리가 휘청이더니, 그만 개울물로 빠지고 말았습니다. 저는 정신을 잃을 것만 같았습니다.

경사가 급한 언덕을 미끄러지듯이 내려가 물속으

로 허겁지겁 뛰어들었습니다. 밤새 내린 비로 물이 많이 불어있었습니다. 물속에서 발을 내딛을 때마다 발이 펄속으로 움푹움푹 빠졌들었습니다. 아가씨 옆에는 물이 미친 듯이 소용돌이치고 있었지요. 아가씨는 허우적대며 제가 내민 손을 잡았고, 급기야는 제 목에 팔을 둘렀습니다. 저는 그녀를 업고 바위를 건너 풀숲으로 기어가 겨우 언덕 위에 도달했습니다.

아가씨는 어찌할 바를 몰라 그만 바닥에 주저앉고 말았지요. 얼마나 부끄러우셨어요? 열일곱의 정숙한 아가씨가 그만 물에 빠져 허우적대는 모습을 제게 보이셨으니 말입니다. 당황한 저도 고개를 돌려 버리고 말았지요. 추위와 두려움에 떨고 있는 아가씨를 보니 정말 울고만 싶었습니다.

저는 잔나무가지를 주워와 불을 지피기 시작했지요. 아가씨는 무릎에 얼굴을 묻고 조금도 움직이지 않으셨습니다. 물가로 내려가 웃옷을 벗어 편편한 바위에 대고 북북 문질렀습니다. 흙먼지가 빠질 때까지 물속에 넣고 흔들어 여러 번 헹구어 냈습니다. 그리고 힘껏 물을 짜내어 아가씨가 있는 곳으로 올라갔습니다.

그때까지 아가씨는 무릎에 얼굴을 묻은 채 웅크리고 계셨지요. 저는 아가씨에게 슬그머니 옷을 내밀며 젖은 옷을 닦으시라고 말했습니다. 그리고 그녀의 등 뒤에 가만히 내려놓고 개울 아래로 내려갔습니다.

개울가 모래사장에 앉으니, 그제야 성난 물소리가 맑은 음색처럼 들려오더군요. 비상하는 해오라기의 날갯짓 소리와 방울새가 지저귀는 소리도 달콤하게 들렸습니다. 그리고 제비꽃들은 하늘로 향기를 뿜어내기 시작했지요. 저는 바로 이곳이 천국인 것 같았습니다. 제가 아가씨를 구한 것입니다. 제 팔에 수초처럼 하느작거리는 아가씨를 안고 물속을 빠져나온 것입니다. 그 기쁨을 어떻게 표현할 수 있을까요?

저는 하늘을 올려다보았습니다. 맑은 하늘에는 구름 한 점이 소리 없이 흐르고 있었지요. 그때, 저는 아가씨 대신 급류에 휩쓸려 죽어도 좋다고 생각했습니다.

아가씨! 제가 천국의 기쁨을 누리고 있는 동안 무엇을 하셨나요? 조신한 아가씨는 느티나무 뒤로 몸을 숨기고, 젖은 옷을 닦으셨겠지요. 그리고 땋은 머리를 얌

전히 풀어 장작을 피운 불꽃 옆에서 말리셨겠지요. 개울가에 앉아서 아가씨를 상상합니다. 그러나 저는 자신 있게 말할 수 있습니다. 결코 순결하지 않은 상상은 하지 않았음을 말입니다. 아가씨에게는 생각조차도 범할 수 없는 고귀함이 언제나 빛처럼 반짝였는걸요.

시간이 얼마나 흘렀는지, 중천에 떠 있던 해가 서산으로 가물가물 기울기 시작했습니다. 저는 조용히 뒤를 돌아보았습니다. 아가씨는 어느새 매무시를 반듯하게 가다듬고 내려오고 계셨습니다. 아직 덜 마른 치마가 다리에 감기려 하면 얼른 치맛자락을 당기셨지요.

그녀가 제 곁으로 다가왔습니다. 그리고 햇볕에 말라 반듯하게 개켜진 옷을 몇 걸음 떨어진 바위 위에 올려놓고 말없이 언덕 위로 올라갔습니다. 저는 슬쩍 돌아보며 주섬주섬 옷을 챙겨 입고 그녀의 뒤를 따라갔지요. 그녀는 느티나무 아래 앉아, 골똘히 생각에 잠겨 흐르는 물을 바라보고 있었습니다. 옆에 있는 저를 잊고 계신 듯이 졸졸졸 흐르는 개울물 소리만 숨죽여 듣고 있는 것 같았습니다. 잠시 후, 약간 잠긴 듯한 아가씨의 낮은 목소리가 물소리를 따라 들려 왔습니다.

"다리에…… 상처가 났어."

아뿔싸! 아까부터 다리가 따끔거리는 것 같기는 했었습니다. 아니나 다를까 바위와 나뭇가지에 긁힌 자리에서 끈적끈적한 피가 엉겨 붙어 있었습니다. 그제야 팔다리 여기저기의 상처 난 부위에서 통증이 왔습니다. 아가씨는 조심스레 일어나 나무 뒤의 수풀 속으로 들어갔습니다. 그리고 풀숲을 이리저리 살피면서 무언가를 뜯기 시작했지요. 저는 그런 모습을 조심스레 지켜보았지요.

잠시 후, 수풀에서 나온 아가씨의 손에 몇 포기의 풀이 쥐어져 있었습니다. 아가씨는 물가로 내려가서 잡초를 깨끗이 씻더니 언덕 위로 올라와 제 옆에 무릎을 꿇고 앉았습니다. 저는 멍하니 서서 가만히 지켜볼 수밖에 없었습니다. 그런데 그녀가 상처 난 자리에 쇠비름을 감기 시작했습니다. 상상할 수 없는 일이 벌어졌습니다. 그렇게 도도한 아가씨가 제 다리 아래에 쪼그리고 앉아 제 상처를 치료해 주고 있다니 말입니다. 아가씨가 가느다란 손목에 힘줄이 불거지도록 줄기를 묶고 있는 동안 저는 넋을 잃고 기둥처럼 서서 아가씨의 모습을 지켜볼 뿐이었습니다.

잠시 후, 갑자기 벌에 쏘인 것처럼 공중에 퍼진 아카시아 향기가 '쏴아아' 하고 들어왔습니다. 잠시 하늘을 떠돌던 영혼이 다시 제 몸을 찾아 돌아왔나 봅니다. 정신이 번쩍 드는 것이 아니겠어요? 저는 다리를 빼며 아가씨를 만류했습니다. 심장은 뛰고, 목소리는 잠기고, 몸엔 미세한 경련이 일었지요. 얼굴과 목의 근육이 경직되고, 호흡이 가빠왔습니다. 정신을 잃을 것만 같았습니다. 갑자기 아가씨가 저를 올려다보며 가늘고 긴 집게손가락을 뻗어 평평한 바위를 가리켰습니다. 아이들이 가지고 노는 헝겊 인형처럼 저도 모르게 손가락이 향하는 곳으로 움직여야 했지요. 그녀는 망국병에 걸린 아이를 바라보듯 제 몸 여기저기를 살피더니, 마지막으로 손등 위에 생긴 상처를 발견했지요. 그녀는 자신의 옷고름을 쥐어 조심스럽게 상처 부위를 닦았습니다.

아가씨의 작은 머리가 콩닥콩닥 뛰고 있는 제 가슴 앞에서 움직였고, 숨소리가 일정한 간격을 두고 또렷이 들여왔습니다. 반면, 제 호흡은 여전히 가파르고 불

규칙한 소리를 냈습니다. 그 기괴한 소리를 들키지 않기 위해 몇 번이나 침을 삼켜야 했지요.

치료를 끝낸 아가씨는 눈을 내리뜬 채, 잠시 머뭇거리더니 바위처럼 굳어있는 제 옆에 소리 없이 앉았습니다. 저는 달아오른 얼굴이 들통 날까 두려워 아가씨의 얼굴을 바로 쳐다볼 수 없었지요. 우리는 느티나무 아래의 그늘진 큰 바위 위에 나란히 앉아 하늘을 바라보았습니다. 다행히 하늘로 번져가는 주홍빛 노을은 저의 부끄러운 마음과 붉어진 얼굴빛을 감춰주기에 충분할 만큼 짙어가고 있었습니다.

"나는 의학을 공부하고 싶어……"

설렘이 묘하게 흐르는 긴장된 기류를 따라 아가씨의 목소리가 들려왔습니다. 당시 홍수와 가뭄 같은 자연재해가 반복되었고, 손 쓸 수 없이 사람들이 죽어 나가는 전염병이 자주 돌았습니다. 밤낮없이 동냥 오던 거지들에게 아낌없이 베푸시던 판서님과 자애로운 마님, 그 모습을 조심스레 지켜보던 아가씨의 모습이 떠올랐지요.

"저는 정치학을 공부하고 싶어요."

"꿈이 뭔지 물어봐도 괜찮아……?"

"……"

아가씨의 질문에 대답할 말이 떠오르지 않았어요. 그것을 눈치채셨는지 아가씨의 말이 이어졌습니다.

"지금 조정은 인재가 필요하니까."

그 말에 저는 고개를 돌려 아가씨를 바라보며 생각했습니다.

'제가 할 수 있을까요? 양반님처럼 제가 그런 일을 할 수 있을까요? 저를 믿으시나요? 애기씨?'

용기 있게 말하지도 못하고, 그녀에게서 눈길을 떼지도 못한 채, 아가씨만 바라보고 있었지요. 그러나 뜻밖에 그녀는 제게 엉뚱한 질문을 하였지요.

"어떻게 예배당에 오게 되었어?"

아가씨의 그 말은 저를 놀리시는 것처럼 들렸습니다. 당신 때문에 그곳에 가게 된 것을 그녀가 모를 리 없을 테니 말이죠. 저는 황홀하게 빛나는 눈동자를 피하느라 애쓰며 손가락을 꼼지락거릴 뿐, 말을 얼버무리고 말았습니다. 거짓말을 할 수는 없었으니까요. 다만, 속으로 대답할 뿐이죠.

'그곳에 아가씨가 계시니까요.'

하고 말이죠.

"하늘이 사람을 이 땅에 보내실 때에 각자 해야 할 일을 맡기셨대."

"저도…… 들었어요."

"우리도…… 그렇겠지, 뭐."

그녀는 고개를 숙이며 작은 목소리로 말했습니다.

'무슨 말을 하고 싶으셨나요? 좀 더 분명히 알 수 있도록 명쾌한 말씀을 해 주시면 안 될까요?'

아가씨에게 묻고 싶었습니다.

'당신의 꿈과 하늘이 맡기신 소명은 일치하나요? 저는 어떠할까요?'

그때 우리는 혼란과 갈등의 불안한 선에 서서 조선이 처한 환경을, 우리의 인생을, 그리고 서로를 바라보고 있었습니다. 잠시 침묵하던 아가씨가 조용히 입을 열었습니다.

"미국은 근대화된 나라니까 배울게 많을 거야. 그렇지만……"

그 말에 가슴이 뜨끔했습니다.

'그렇지만…… 그렇지만, 어떻게 할까요? 애기씨……'

또다시 묻지도 못하고 애타는 눈길로 아가씨만 바라보았습니다.

"…… 애기…… 씨……"

그 순간, 차분해진 아가씨의 음성이 들려왔습니다.

"다 잘 될 거야."

저는 말없이 하늘을 올려다보았습니다. 백로 한 쌍이 부드러운 날갯짓으로 하늘을 가로지르며 어디론가 날아가고 있었습니다. 그때였습니다. "아" 하며 아가씨가 무언가를 보고 가볍게 놀라는 소리를 냈습니다. 손가락으로 바위 뒤를 가리키는 아가씨가 아이처럼 웃고 있었지요. 저의 시선이 곱게 뻗은 아가씨의 손가락을 따라갔습니다. 그곳에는 바위 틈새로 노루 두 마리가 우리를 바라보며 눈을 껌벅이고 있었습니다. 노루도 아가씨의 아름다움에 넋을 잃었을까요? 가만히 서서 놀라지도, 도망가려고도 하지 않는 것입니다. 우리는 서로의 얼굴을 쳐다보며 웃음을 터뜨렸습니다.

아가씨의 작은 얼굴에 즐거운 미소가 번져갔습니

다. 하얗고 가지런한 치아를 드러내며 초롱초롱 빛나는 눈동자로 노루와 저를 번갈아 보면서 생글거리는 것이었습니다. 우리는 한동안 서로의 얼굴을 마주 보며 웃었습니다.

하늘이 점차 투명한 어둠으로 물들어갔습니다. 어느새 아가씨의 입가에는 옅은 미소가 사라지고 동요의 빛이 반짝이던 의문스러운 시선이 차차 저를 향해 고정되어 갔지요. 점차 깊고 푸른 눈동자는 확고한 결심을 이야기하듯 요동하지 않았습니다. 그렇게 저를 보던 아가씨 당신은 그때, 무슨 생각을 하셨나요? 아가씨도 저와 같은 생각, 같은 느낌 그리고 같은 감정이셨나요?

쿵쿵거리며 뛰던 심장이 튀어나올 기세로 세차게 박동하기 시작했습니다. 상상할 수도 없는 두근거리는 설렘이 정말로 눈앞에 펼쳐질까 두려웠습니다. 저는 아가씨의 시선을 피할 도리가 없었습니다. 아가씨가 바라보는 곳을 바라보며, 아가씨의 움직임을 따라 이동하는 순한 양이 되어 버렸으니까요. 그때의 제 심정은 우리를 지켜보던 하늘만이 아실 겁니다. 한 번 더 말하지만, 아가씨를 향해 부끄러운 생각은 조금도 하지 않았습니다.

그런데 그런 결심이 무색하게 다음 순간 산세가 멈출 정도로 기가 막힌 일이 벌어지고 말았습니다. 아가씨의 고운 손이 제게 다가오고 있었지요. 작은 새의 날갯짓 같은 손가락이 살며시 제 얼굴로 다가오다 멈췄습니다. 깊고 검은 눈동자가 그윽하게 저를 바라볼 뿐이었지요. 아가씨의 눈동자로 빨려 들어갈 것만 같았지요. 저는 그만 아가씨의 멈춰 있는 손에 제 얼굴을 갖다 대고 말았습니다. 그녀의 온기를 느낄 수가 없었습니다. 아니 그럴만한 감정의 여유가 없었지요. 알 수 있었던 것은 저는 용기를 내었고, 그 힘에 저를 맡겼다는 것뿐이었지요. 피할 수 없이 제 얼굴을 감싸고 있는 아가씨의 눈동자가 코앞에서 저를 보며 반짝 빛을 냈습니다.

나무 사이에서 놀던 새들이 날갯짓을 멈추고, 감빛으로 변해가는 하늘의 움직임도 멈췄습니다. 죄송합니다. 아가씨! 저도 모르게 그만 이성을 잃고 말았습니다. 제 얼굴이 아가씨의 얼굴로 점점 더 가까이 다가갔습니다. 아가씨의 눈동자 속에 두려움으로 상기된 청년이 저를 보고 있었습니다. 이 여인이 나비가 되어 날아가지 않을까? 하늘로 올라가지 않을까? 떨리는 가슴과 불안한 심정으로 부드럽게 내려오는 목선을 바라보며 아가씨의 얼굴로 가까이 다가갔습니다.

새근거리는 아가씨의 숨소리가 점점 가까워졌습니다. 저는 아가씨의 숨소리에 눈을 감아버리고 싶었습니다. 보드라운 숨결 속에 묻혀 잠이 들고 싶었습니다. 꿈속 같은 그곳에서 달아나고도 싶었습니다.

그러나 저는 아가씨의 이마 위에 저의 손을 대고 말았습니다. 제 의지와 상관없이 그 당돌한 손가락은 검은 눈썹을 지나 풍성한 속눈썹, 그리고 단정하게 솟은 콧날을 내려와 동그란 콧방울에서 맴돌다가 신비스런 샘처럼 닫혀 있는 도톰한 입술 위에 멈췄습니다. 그리고 촉촉이 젖은 아가씨의 입술을 살며시 눌렀습니다. 저의 시선은 흑진주 같은 아가씨의 눈망울에 온통 빼앗겨 있었지요. 그러다가 아가씨의 동근 이마 위에 입술을 대고 말았습니다.

그 순간, 숨죽이고 지켜보던 숲 속의 새들이 푸드덕거리며 날아올랐고, 짙은 감빛으로 변해가던 하늘이 다시 움직이기 시작했습니다. 있을 수 있는 일인지요? 어떻게 이런 일이 벌어졌을까요? 저는 태어나서 열일곱 해를 아가씨의 하인으로 살았던 사람입니다. 그런데 개혁이 좋기는 좋은 것인가 봅니다. 아가씨와 제가 외진 숲 속의 나무 밑에 나란히 앉을 수 있으니 말입니다. 더구나 아가씨의 손길로 상처를 치료받고, 그녀의 이마에 입을 맞추는 실수를 저질러도 죄가 아니니 말입니다.

아가씨는 눈을 내리뜨며 고개를 숙였습니다. 저는 아가씨의 옆모습을 한동안 바라보았지요. 꿈을 꾸는 것만 같았습니다. 아니, 구름 위를 걸었다는 표현이 맞을 겁니다. 저는 그날 남자로 다시 태어난 것 같았습니다. 아가씨의 하인이 아닌, 한 남자로 말입니다. 저녁 하늘은 아가씨의 마음과 붉어진 얼굴을 감추어 주었지만, 저는 느낄 수 있었습니다. 아가씨가 후회하고 있지 않음을 말입니다.

그 주 내내 저는 그녀의 행동 하나하나가 환희로 되살아나 구름 속을 거니는 기분으로 지내고 있었습니다. 저는 의도하지 않은 이 행복을 아주 오랫동안 간직하고 싶었습니다. 그래서인지 이런 감정을 느끼게 해 준 그녀를 만나는 것이 한편 두렵기도 했습니다. 비밀을 간직한 사람들만이 공유하는 분위기를 저는 그녀에게서 기대하고 있었기 때문이었지요.

그 주 예배당에 가는 날이 되었습니다. 저는 어느 때보다 일찍 일어나서 예배당에 갈 준비를 서둘렀지요. 가슴이 뛰고 흥분되어 어쩔 줄을 몰랐습니다. 예배당 안으로 들어가자 제 시선은 아가씨의 모습을 찾기 위해 분주히 움직였습니다. 단번에 아가씨를 찾을 수 있었지요. 그녀를 앞에서 볼 수는 없었지만, 그녀의 얼굴에 분명히 성숙한 여인의 홍조가 돌고 있다는 것을 저만이 눈치챘을까요? 제 느낌이 틀리지 않았다면 비밀을 간직한 사람이 그렇듯이 아가씨는 조심스러우면서도 확신에 찬 조용한 표정으로 마음속의 움직임을 부끄러워하고 계셨습니다.

예배가 끝난 후, 사립문 옆에 서서 그녀가 나오기를 기다리며 서성이고 있었습니다. 그때, 사람들 사이에서 유난히 생기 도는 작고 하얀 얼굴의 여인이 보였습니다. 저를 본 그녀는 황급히 주위를 둘러보더니 고개를 숙여야 했지요. 그리고 묵묵히 제 옆을 스쳐 지나갔습니다. 그녀의 걸음을 따라 아카시아 향기도 멀어져 갔습니다.

아가씨 당신은 침묵하시는군요. 당신네 양반들이 그렇듯이 보일 듯 말듯, 알릴 듯 말듯…… 사고마저 단순해진 우리와는 달리 복잡한 사상의 틀 안에 자유로운 감정의 선마저 그어놓고, 혹시 그 안에서 감성적 유희를 즐기셨나요? 그것이 어떤 의미인지, 무엇을 지키려는 것인지, 무지한 저는 잘 모르겠습니다.

아가씨 당신은 최소한 갈등하는 모습이라도 보이고 싶으셨나 봅니다. 그것이 마음을 빼앗긴 하인에 대한 예의라고 생각하셨는지요? 잡을 수 없으면 차라리 놓으셨어야지요. 여전히 용기가 부족한 당신은 연민을 넘어선 어떠한 감정도 허용하기 어려운 어쩔 수 없는 사대부의 귀한 처자시지요. 모르는 게 아닙니다. 잘 알고 있습니다. 아가씨 당신은 또다시 제 가슴을 흔들어 놓으시는군요. 마음의 조급함을 들키지 않기 위해 여전히 도도하시군요.

그러나 저는 포기할 자신도 성취할 용기도 없이, 또

다시 예배당을 찾았고, 그곳에서 눈에 띄는 무언가를 하기 위해 부단히도 노력하고 있었습니다. 선교사님과 영어로 대화하기도 했지요. 아가씨가 제 옆을 지나칠 때면, 좀 더 큰 소리로 말했지요. 그런 저를 보고 아가씨는 어떠셨나요? 제가 당신을 자랑스럽게 생각하듯이 저도 아가씨의 자랑이 되고 싶었습니다. 미국으로 떠날 날짜가 다가올수록 저의 마음은 조급함에 타들어 갔습니다. 정말이지 떠나고 싶지 않았습니다. 제가 서학을 공부한다는 것은 그녀 없인 의미가 없었기 때문이니까요. 저는 감히 아가씨에게 희망을 품지도 못하고, 절망하지도 못한 채, 미로 같은 한길에 서서 머뭇거리고 있었습니다.

혼란스러운 시기였습니다. 일본의 이권침탈에 반대하며 자주 국권을 굳게 지켜야 함을 강조했던 독립협회 회원 17인이 체포되어 한성감옥으로 이송되었다는 소식이 전해졌습니다. "독립협회가 황제를 폐하고 공화제를 실시한다"는 무고로 인해 벌어진 사건이었습니다. 때마침 우리의 모임도 개화와 구국, 조정의 변화에 대한 촉구로 더 치열해가고 있을 때였습니다. 우리는 즉시 경무청 앞에 집결하였습니다. 회원들의 조속한 석방을 요구하며 몇 날 며칠을 지냈습니다. 그렇게 추위와 배고픔에 지쳐가던 어느 날이었습니다.

유난히도 밝은 달빛이 불꽃 속으로 떨어질 듯 조선의 민심처럼 출렁이던 밤이었습니다. 동료들과 모닥불 앞에 앉아 앞으로의 계획을 논의하고 있을 때, 검은 나무들 사이로 아른거리는 불빛이 보였습니다. 그 어른대던 보랏빛 형체는 제 시선을 느끼자 얼른 나무 뒤로 몸을 숨겼습니다. 저는 의심스러운 그림자를 응시하며 천천히 그곳으로 걸어갔습니다. 그러자 그곳에는 뜻밖에도 아가씨가 서 계셨습니다. 달빛에 선명하게 드러나는 또렷한 눈매 아래, 당돌한 눈빛으로 저를 보던 아가씨가 장옷 사이로 얼굴을 숨기며 희미한 빛이 새나오는지 등을 컴컴한 나무들 사이로 돌려 버렸습니다.

"애…… 애기씨…… 어떻게 여길……"

그녀는 장옷 속에 품고 온 무언가를 내밀며 혼잣말을 하듯 중얼거렸습니다.

"안 추워?"

"괜찮아요…… 아니…… 네…… 좀 추워요. 추워요."

"따뜻한 국물이 있는데, 아버님이 가져다주라 해서……"

"판서 어르신이요?"

아가씨는 고개를 한 번 끄덕이더니 눈을 내리뜨며 손에 든 보따리를 내밀었습니다.

"별일 없는 거야?"

저는 붉은 비단에 싸인 보따리를 받아들며 말을 얼버무렸습니다.

"보다시피…… 요……"

"시위대도 잡아간대. 어떻게 해?"

갑자기 그녀가 고개를 숙이며 몸을 돌렸습니다. 그녀답지 않게 퉁명스런 말을 뱉어내고 말입니다. 마치 그녀가 투정부리는 아이처럼 느껴져 저도 모르게 미소가 지어졌습니다. 가까스로 얼굴 근육을 긴장시키며 진지한 말투로 대답했지요.

"알아요. 그렇지만……"

"한성감옥에서는 죽을 수도 있대……"

아가씨는 울먹이기까지 했습니다.

"독립협회 회원들을 습격하려고 지방의 부보상 수천 명이 올라왔대."

"애기씨...... 그렇지만......"

"정말 어쩌려구 그래?"

울먹이던 그녀가 외마디 말을 작은 비명처럼 내뱉더니 달려가기 시작했습니다. 언제 저렇게 달리기 연습을 했나 싶게, 우리 아가씨가 사내아이들처럼 달려가는 것이었습니다. 저는 그런 뒷모습을 멍하니 바라보다 손에 들린 보따리를 풀어 보았습니다. 그 안에는 은기에 담긴 여러 개의 주먹밥과 따스한 국물이 담긴 주전자가 있었습니다. 저는 주전자 뚜껑을 열어서 국물 한 모금을 들이켰습니다. 그리고 주먹밥 하나를 입에 넣고 꾸역꾸역 씹었지요. 그리고 또 하나를 입에 넣고 국물을 들이켰습니다. 저는 돌아서서 모닥불 앞에 쭈그리고 앉아 있는 성난 동료들을 바라보았습니다. 그 뒤로 피곤에 지친 군중들이 꾸벅꾸벅 졸고 있는 모습이 보였습니다.

저는 아가씨의 마음을 확인받은 그 순간을 기다리고 있었던 것처럼, 그렇게라도 해야 보이지 않는 당신의 마음을 확인할 것 같았기에, 조선 조정이 아닌 바로 누군가를 향해 철없는 투정을 부렸었나 봅니다. 벼랑 끝에 선 제 손을 잡아 주기를, 아니면 이대로 난파되어 표류할 것이라는 아가씨를 향한 저의 이기적인 사랑이 드러나는 비겁한 순간이기도 했습니다. 조선에 대한 청년들의 애국이 당시 시위라는 협박으로 드러났듯이, 저는 아가씨에 대한 이기적 사랑과 근본적 결핍, 철없는 투정이 얽힌 기묘한 감정을 시위로 분출하고 있었던 것이었습니다.

'이 모든 건 아가씨 없인 아무런 의미가 없어!'

동료들과 군중들에게 비열한 양심을 감추고 싶어 저는 뒷걸음질 치기 시작했습니다. 그들을 뒤로하고 어머니에게 응답받은 철부지 아이처럼 내달리기 시작했습니다.

동지들의 야유와 설득에도 불구하고 저는 독립협회에 나가지 않았습니다.

회원을 탈퇴하고 미국으로 가는 계획도 미루며 새로운 꿈을 꾸며 보내던 어느 날이었습니다. 신분 높은 일본 청년이 우리 마을을 방문했다는 소문이 돌았습니다. 그 청년은 대한제국 영사관에 근무한다고 했습니다. 어느 날 거리에서 눈에 띄는 멋진 청년과 마주쳤습니다. 그는 서양식 재킷을 걸치고 무릎까지 올라오는 가죽 장화를 신고 늠름한 나무처럼 거리를 활보하고 있었지요. 그가 걸음을 멈추고 저를 쳐다보았습니다. 그런데 그 순간 가슴이 뛰기 시작했습니다. 숨이 막혔습니다. 갑자기 식은땀이 흘렀습니다. 연못 속에서 허우적대던 모습, 살기 어린 눈빛, 칙칙한 취조실 한 켠에서 외면하던 모습이 또렷이 떠올랐습니다. 그는 나무처럼 우뚝 서서 양미간에 주름을 잡고 윗입술을 실룩이더니 입술을 굳게 다물었습니다. 동요 없이 저를 응시하는 그 눈빛에는 여러 가지 감정들이 스쳐 지나고 있었습니다. 그 속에는 적개심, 조소와 경멸도 담겨 있었겠지요. 때마침 마을에서는 이상한 소문이 돌았습니다. 그가 아가씨를…… 감히 우리 아가씨를 남몰래 흠모하고 있다고 말입니다. 그 청년은 판서님 댁을 문턱이 닳도록 드나들며, 온갖 선물로 구애하고 있다고 했습니다. 저는 믿지 않았습니다. 우리 아가씨처럼 지조

높으신 분이 그와 어울릴 거라고 상상할 수 없었기 때문이었습니다.

어느 날이었습니다. 예배를 끝낸 후, 선교사님과 이야기를 마치고 나가려던 차였습니다. 예배당 안은 북적이던 사람들이 떠난 뒤 특유의 적막감이 흐르고 있었습니다. 그때, 누군가의 인기척이 느껴졌습니다. 신발을 신다 말고 고개를 들어보니, 그 청년이 제 앞에 서 있는 것이 아니겠습니까? 앞머리를 반듯하게 넘겨서 넓은 이마를 드러내고 서양식 차림새를 하고 있던 그는 여전히 멋진 모습을 하고 있었지요. 청년은 저를 노려보며, 경멸하는 말투로 혼잣말을 내뱉었습니다.

"종놈 주제에…… 공부를 해?"

저는 그를 응시하며 물었습니다.

"…… 지금…… 나한테 한 소리요?"

나지막이 동요 없이 말하는 그의 눈에 붉은 핏발이 서 있었습니다.

"어느 앞이라고 고개를 빳빳이 들고 말대꾸를 하는 게야?"

"말대꾸가 아니라 묻는 것이요. 나는 노비가 아니

라, 배재학당 학생이란 말이오!"

"충직한 개는 주인의 명령만 따르면 먹고 살지! 적어도 매질을 당하진 않아……"

"나한테 한 소리라 물었소!"

또다시, 머리에 충격이 왔습니다. 칙칙한 취조실에 누워 숨이 막혀오는 순간이 떠올랐습니다. 심장이 뛰고, 목소리가 떨렸습니다.

"신분제가 철폐됐다고 천박한 근성까지 사라지나? 뼛속까지 더러운 종놈들!"

저는 두려움을 쫓고 죽음의 공포를 이겨야 했습니다. 그의 멱살을 잡고 눈에 힘을 주며 물었습니다.

"당신! 그날을 기억하오?"

"억울하게 수장당할 뻔 했던 그 날을 잊을 리가 있나!"

"나는 당신을 죽이려 한 적이 없소!"

"진실과 사실은 때론 동전의 양면 같기도 하지."

"말 잘하였소! 진실이 밝혀졌다면 당신은 지금쯤 살인자가 되어 있겠지!"

"네가 나를 죽이려 했다는 게 거짓이란 말이야? 파

초 뒤에 숨어 분노와 질투심에 이글대는 눈빛으로 날 쏘아보고 있었다는 걸 내가 모를 것 같았나?"

"그 일에 고의성이 없었다고 자신할 수 있소? 유익을 위해 살인마저 정당화하려는 기질은 당신네 나라님에게 비롯됐소?"

"말 잘했어. 신분 상승을 하려면 네까짓 건 몸속에 유전된 더러운 피부터 갈아야 할거야! 그건 죽어야만 가능하지!"

몸이 부들부들 떨리며 멱살을 쥔 손에 점점 더 힘이 가해졌습니다. 저는 그를 벽으로 밀어붙이며 떨리는 목소리로 말했습니다.

"남의 나라에 허락 없이 강도처럼 침입한 비열한 근성부터 갈으시오. 떠돌이 개도 도적질은 안 하오! 미친 개나 동네를 어슬렁대며 세인을 물어뜯지!"

그는 실핏줄이 터진 눈으로 여전히 저를 노려보며 가쁜숨을 내쉬었습니다. 그는 이마 위로 떨어진 머리칼을 쓸어 올리더니, 비열한 미소를 지으며 이죽거렸습니다.

"싸움에 승산이 없으면 조용히 무릎이나 꿇어! 그럼

떠돌이 개 신세는 면케 해 주지!"

먹살을 잡은 손에서 살기를 느꼈습니다.

"남의 집 세간이나 강탈하는 미친개는 결국 포수의 사냥감이 되는 것이 세상 이치요! 제집이나 잘 지키시오! 앞으론 정당한 방법으로 대결을 청하란 말이오!"

저는 그를 짐짝처럼 마당으로 내동댕이쳤습니다. 방 안에서 선교사님이 뛰어 나오고, 어디선가 나타난 사람들이 저를 잡아 끌어냈습니다. 사람들의 팔을 뿌리치고, 사립문을 박차고 나갔습니다. 그리고 달리기 시작했지요. 목에 힘을 주고 입술을 깨물어도 솟구치는 눈물이 멈추지 않았습니다. 서러운 눈물이 비처럼 흘렀습니다. 행여나 누구에게 들킬세라 그저 달렸습니다. 얼굴도 모르는 부모님이 원망스러웠습니다. 천박한 태생이 서러웠습니다.

몇 번씩 저를 찾아온 선교사님의 방문을 거절하고 방구석에 누워 며칠을 지냈습니다. 그러던 어느 날, 방 한쪽 귀퉁이에 앉아 멍하니 창밖을 바라보고 있는데, 방문을 두드리는 소리가 났습니다.

"집에 있냐?"

저는 얼른 일어나 머리를 쓸어 올리고 문을 열었습니다. 문밖에는 칠성 아주머니가 서 계셨지요. 못 뵌 사이 얼굴은 거칠어지고 몸은 더 야위신 듯했지만, 입가에는 여전히 쓸쓸한 미소가 감돌고 있었습니다. 갑자기 눈이 따끔거려와 저는 몇 번이나 눈을 깜박여야 했지요.

"아주머니, 오셨어요?"

아주머니는 마루에 걸터앉아 우두커니 서 있는 저를 물끄러미 쳐다보셨습니다.

"음식이나 챙겨 먹냐?"

아주머니는 흰 광목에 싸인 물건을 방 안으로 밀어 넣으며 말씀하셨습니다.

"못 본 새 키가 많이 컸구나…… 여 와서 앉아라."

저는 문턱에 걸쳐 앉았습니다.

"사는 게 힘들재?"

아주머니가 문턱에 있는 보따리를 풀어 사기에 담긴 절편 하나를 건네며 물으셨습니다. 손에 쥔 떡을 만지작거리며 힘없이 대답했습니다.

"사는 건…… 힘들지 않아요."

아주머니가 제 머리를 어루만지셨지요. 굵어진 마디마디 거친 손으로 누가 볼 새라 다 큰 청년의 얼굴을 쓰다듬으며, 누가 들을세라 나지막이 속삭이셨습니다.

"자유롭게 사는 게 좋지. 근데, 자유 없이 살던 사람한테는 또 불편하기도 할 거다. 뭐든 익숙해지기까지 시간이 필요하재."

"사람들이 제게 갖는 편견이 불편해요."

눈물이 울컥 올라왔습니다. 붉어진 눈시울을 감추느라 고개를 숙이며 말을 이었습니다.

"그 시선을 견뎌 내는 것이 힘들어요."

"몸처럼 머릿속도 자유해져야재. 그게 진짜다."

아주머니는 하늘을 올려다보며 숨을 한번 내쉬더니 말씀을 이어갔습니다.

"몸이 구속돼도 정신만 자유하면 산다. 그래야 진짜 행복해지는 거재."

아주머니는 모든 것들을 받아들이라고 했습니다. 과거의 신분과 넘을 수 없는 현실 그리고 불투명한 미래까지 인정하고 수용해야, 제가 가야 할 길이 분명히 보이기 시작할 거라고 하셨습니다.

"하늘이 사람을 이 땅에 보내실 때에 어떤 인생도 사명 없이 보내는 사람은 없단다. 남들이 뭐라 하면 어때? 개가 짖재. 그래도 낸 간다! 하고 갈길 가믄 된다! 알았재?"

그 주, 저는 예배당을 향해 가고 있었습니다. 가슴을 활짝 펴고, 팔을 앞뒤로 흔들며 저의 발걸음은 경쾌하기만 했지요. 저절로 콧노래도 나오고 말입니다. 그런데 예배당 가까이 가자, 어느 순간 제게 강력하고 날선 바람 같은 어떤 직감이 스쳤습니다. 제 심장이 달음질하며 불길한 예감이 육체부터 강탈하기 시작했습니다. 그때였습니다. 질투심 너머로 어떤 이상한 감정이 두려움보다도 더한 감정이 저를 붙들어 세웠습니다. 저는 기어코 문 앞에 기대어 선 일본 영사의 아들과 그 옆에 서 있는 아가씨가 담소하는 모습을 보고 말았습니다. 미묘한 기류가 이는 그곳에 거만해 보일 만큼 기품 있고 당당한 남자가 슬프면서도 진지한 얼굴의 여인을 바라보고 있었습니다.

저의 심장은 튀어나올 듯이 뛰었고, 얼굴은 칠흑처럼 검어졌습니다. 눈에서 경련이 일며 얼굴이 뜨겁게 달아올랐습니다. 그때 누군가가 저를 보았더라면 아마 무서워서 줄행랑을 쳤을지도 모릅니다. 저는 밤나무에 몸을 숨기듯이 기댔습니다.

그때였습니다. 누군가의 시선이 자신을 잡고 있음을 눈치챈 그녀가 제가 서 있는 방향으로 고개를 돌렸습니다. 우리의 눈동자가 부딪혔습니다. 순식간에 미소가 사라진 아가씨가 우두커니 서서 저를 바라보았습니다. 그녀의 눈동자가 떨리고 있었습니다. 그녀의 마음이 요동치고 있었습니다. 저는 또다시 사립문 밖을 뛰쳐나가 언덕 위로 내달리기 시작했습니다.

'설마, 설마……'

얼마나 달렸는지요? 아카시아 향기가 진동했습니다. 정신을 차리고 주위를 둘러보니 숲 속으로 이어지는 길목의 공터였지요. 작은 그루터기에 걸터앉아 잠시 숨을 돌렸습니다. 돌다리 아래로 쉼 없이 흐르는 계곡 물소리가 들려왔습니다. 저는 일어나서 다리를 건너 언덕 위로 올라갔습니다. 청량한 바람에 나부끼는 이파리들 사이로 "쏴아아" 바람이 불어왔습니다. 저는 나무기둥에 쓰러지듯 몸을 기댔습니다. 지천으로 자라 있는 아카시아 한줄기를 꺾어서 입에 물고 나무 아래에 팔을 베고 누웠습니다. 고목만이 낼 수 있는 묵직한 진동이 들려왔습니다. 고요함 속에 잔잔히 들려오던 아가씨의 숨소리도 느껴졌지요. 저는 청년을 바라보던 아가씨의 눈동자를 떠올렸습니다. 완고한 결심이 서린 그윽한 눈빛, 그리고 늠름한 나무 같은 청년의 모습도 말입니다. 선명하게 떠오르는 그들 위로 초췌한 모습의 노비가 걸어 나왔습니다. 그는 얼마간 과거의 신분과 힘겨운 현실, 그리고 불투명한 미래를 인정하던 배재학당 학생에게 또다시 냉혹한 미소를 짓고 있었습니다.

제겐 살상에 정당성을 부여할 만한 남자의 권력이 없습니다. 돈도, 명예도 없습니다. 억울한 생명을 살려 준 여인의 담력도, 배짱도, 능력도 없습니다.

'아가씨! 저는 아무것도 없습니다. 당신 앞에 내세울 것이 아무것도 없습니다! 어찌하면 좋을까요? 이 초라한 현실을 어찌하면 좋을까요?'

깊은 가슴속에 숨어 있던 패배감이 또다시 고개를 들기 시작했지요.

그날 이후로 저는 예배당에 나가지 않았습니다. 실의에 빠진 제 모습을 아가씨에게 들키고 싶지 않았기 때문입니다. 가끔 선교사님을 만나기 위해 예배당에 들를 뿐이었지요. 그리고 귀를 기울여 아이들에게 한글을 가르치는 아가씨의 목소리만 듣고 돌아섰습니다.

얼마 후, 저는 판서님 댁으로 힘없는 걸음을 옮기고 있었습니다. 잠시 대문 밖을 서성이며 담장 밖으로 뻗은 돌배나무를 바라보았습니다. 제 눈은 오래 전, 오누이 같은 아이들이 돌배를 따며 까르륵 웃는 모습을 바라보고 있었습니다. 제 삶의 시작이었던 그 작은 세상에는 온 우주가 있었습니다. 그곳에 버려지지 않았더라면 결코 알 수 없었을 것들을 알게 된 것이지요. 버려진 이유, 그래서 낮아진 이유, 상처는 기억의 파편 같은 인생의 한 단면이며, 그것으로 인해 겸손을 배우고, 삶의 우물이 더욱 깊어진 한 존재로 다시 태어난다는 것을 말입니다. 그러나 소년은 저 자신을 찾기 위해 더 큰 우주로 나아가려 했습니다. 실상은 찾으려 하는 그것이 그 작은 세상에 있었다는 것도 모른 채, 그것들을 잃어버리는 줄도 모르고 말입니다.

저는 육중한 나무문을 밀었습니다. 대문이 열리면서 시야로 들어오는 풍경은 열일곱 해의 추억, 띠처럼 이어진 수많은 기억들을 떠올려 주었습니다. 물론 그 추억의 한가운데는 언제나 아가씨가 계셨지요. 마당 한가운데에서 서성이던 판서님이 돌아보셨습니다. 그는 기다렸다는 듯이 제게로 성큼성큼 걸어오셨습니다. 노인의 걸음새가 당당했습니다. 몇 걸음 앞에서 그 분의 걸음이 멈췄습니다.

"기다리고 있었다!"

확신에 찬 그 분의 눈동자는 사슬처럼 저를 잡고 놓지 않았습니다. 거절할 수 없는 이유와 선한 의미가 응집된 눈빛, 판서님의 눈길을 피하느라 허공으로 시선을 돌려야 했습니다.

"진작 찾아뵈었어야 했는데…… 늦었습니다. 판서님!"

판서님이 제 어깨를 감싸며 말씀하셨습니다.

"소식 듣고 있었다."

판서님은 다른 팔로 제 손을 잡고 안채로 향하셨습니다. 대청에는 먹과 한지의 내음이 은은히 흐르고 있었습니다. 향기는 상방으로 이어지며 불편했던 마음을 잠시나마 잊게 해 주었지요. 저는 고즈넉한 등 아래에 무릎을 꿇고 앉았습니다. 일렁이는 불빛에 노쇠해진 그 분의 얼굴이 선명히 드러났습니다. 가슴이 먹먹해져 왔습니다. 시절이 서글프고 서러웠습니다. 잠시 후, 깊은 연륜이 배인 판서님의 목소리가 들려왔습니다.

"잘하고 돌아오너라!"

"판서님! 열심히 살겠습니다."

진심을 또다시 묻어두고, 여전히 본질과 마주하지 못하며, 언젠가 돌아와서 화려하게 밝혀질 진실을 위로하듯 기약한 채, 스무 살 청년은 도망치듯 그곳을 빠져나왔습니다.

저는 대청을 걸어 나와 마당 한가운데 서서 판서님이 거처하시는 안채를 돌아보았습니다. 적요에 싸인 방문 위로 동요 없이 앉아 계신 판서님의 그림자가 흐릿하게 나타났습니다. 참았던 눈물이 쏟아져 내렸습니다. 얼마나 시간이 흘렀는지 사방이 고요했습니다. 조용히 고개를 들으니 제 옆에 칠성 아주머니가 서 계셨습니다. 저는 말없이 아주머니를 안았습니다. 아주머니는 등을 토닥이시며 작은 소리로 힘 있게 말씀하셨지요.

"진짜 자유는 네가 하고 싶은 일을 하는 것이 아니다. 네가 해야 할 일을 하는 것이재! 나는 너를 믿는다!"

'그러나 그것의 경계선이 무엇인지 저는 분별할 수가 없습니다.'

제 속의 울부짖음을 들으신 듯이, 아주머니가 눈물이 주체 없이 흐르는 얼굴을 닦아주셨습니다. 얼굴을 감싸신 아주머니의 손등 위로 손을 얹었습니다. 나무껍질 같은 거칠고 투박한 촉감을 느끼자, 또다시 서러운 눈물이 흘렀습니다. 아주머니는 별당채로 들어가는 중문을 보시며 제 어깨를 부드럽게 치셨습니다. 별당에서 가는 불빛이 새 나오고 있었습니다. 저는 가슴에 품고 있던 자개 거울을 꺼내어, 아가씨의 방문 앞에 내려놓고 조용히 발걸음을 돌렸습니다.

내일이면 저는 배를 타고 태평양을 건너야 합니다. 아가씨는 아실까요? 예배당에서 듣지는 않았을까요? 제가 아가씨댁에 다녀갔다는 이야기를 전해 듣지는 않으셨나요? 아가씨는 혹시 혼담이 오고 가는 중이신지요? 궁금한 것이 너무나도 많아 잠을 이루지 못하는 밤입니다. 저는 가슴이 답답해서 창문을 활짝 열었습니다. 창 안으로 그녀와 함께했던 기억들이 아련한 별빛처럼 쏟아져 들어왔습니다. 그리고 한성감옥에서 죽음 같은 고문을 당할 동지들이…… 그들을 피해 멀리멀리 도망치는 비겁한 저의 모습이 아스라한 별빛처럼 흐려져 갔습니다.

다음 날 아침이 되었습니다. 역에서 만난 선교사님과 전차에 짐을 실으며 주위를 두리번거렸습니다. 떨어지지 않는 발걸음을 머뭇거리자, 선교사님의 재촉하는 소리가 들렸습니다. 저는 전동차의 한쪽 구석으로 미끄러지듯이 들어갔습니다. 우리를 태운 차가 무겁게 움직이며 출발하는가 싶더니 점차 빠르게 달려가기 시작했습니다. 창을 통해 들어오는 초라한 거리의 풍경이 구전되어 오던 옛날이야기였으면 하고 바랐습니다. 그때는 남루한 행색의 사람들과 발가벗은 아이들이 뛰어가는 모습, 오염된 도랑물에 채소를 씻는 아낙들, 좁은 하수로에서 도로로 흘러넘치는 오물들, 그 속에서 태연하게 살아가는 우리 조선의 평민들과 아이들의 모습이 거절할 수 없는 제 삶의 이유가 되어가고 있었는지 알지 못했지요. 그 풍광이 저의 모습임을, 가난과 무지에서 헤어나고픈 오랜 갈망이 조선의 백성에게 투영되어 제 삶의 소명으로 이끌어 간다는 것을 말입니다.

얼마 후, 우리는 항구에 도착했습니다. 대부분의 사람들은 고국으로 돌아가는 기쁨에 들떠 있었지만, 저는 그렇지 못했습니다. 아가씨를 못 보고 떠난다는 현실에 화가 났습니다. 용기 없는 저 자신에 또다시 절망하고 있었습니다. 돌아가서 아가씨를 붙잡고 차마 묻지 못하는 질문에 확답을 받아내고만 싶었습니다. 항구는 외국인들로 북적였습니다. 저는 여행 가방에 힘없이 걸터앉아 오가는 사람들을 살펴보았지요. 불현듯이 고개를 내미는 기대감은 저의 의지와는 상관없이 수많은 사람들 사이를 기웃거리게 했습니다.

갑자기 죽음의 나팔소리와도 같은 뱃고동 소리가 울렸습니다. 사람들이 하나둘 여객선으로 오르기 시작했습니다. 선상으로 올라가자 11월의 차가운 바닷바람이 옷깃 속을 파고들었습니다. 바람에 흩날리는 눈발이 얼굴을 때렸습니다. 뱃고동이 출발 신호를 울리자 갑자기 마음이 다급해진 저는 선수로 올라가 높이 솟은 기둥을 잡고 항구에 남은 사람들 사이를 살폈습니다.

그런데 그때 군중 사이에서 어떤 빛이 반짝였습니다. 멀리…… 저 멀리에서 작은 점처럼 반짝이는 무언가 배를 향해 다급히 달려오고 있었습니다. 저는 제 눈을 의심했습니다. 아가씨였습니다. 작은 얼굴에 긴 목선이 학처럼 아름다운 아가씨가 분명했습니다. 아가씨는 눈이 시리도록 푸른 두루마기 자락을 꽃잎처럼 흩날리며 떠나는 배를 향해 멈춰 섰습니다. 아가씨는 여객선을 이리저리 살피며 급히 발걸음을 옮기고 계셨습니다.

저는 팔을 높이 들고 소리쳤습니다.

"애기씨! 애기씨!"

아가씨를 목 놓아 부르며 난간으로 기어올랐습니다. 제 뒤에서 사람들이 내려오라며 고함을 질렀습니다. 저는 한 쪽 팔로 기둥을 꽉 잡고, 다른 팔을 세차게 흔들면서 소리쳤습니다.

"애기씨! 여기예요!"

아가씨의 걸음이 멈췄습니다. 추위 때문일까요? 그

녀는 부들부들 떨고 있었습니다.

"애기씨! 기다려주세요. 당신과 어울리는 사람이 되어서 돌아올게요. 꼭 기다려주세요. 애기씨!"

그녀가 제 말을 들었을까요? 아니면 무심한 바다가 삼켰을까요? 그녀의 가는 몸이 휘청이더니 갑자기 바닥으로 떨어지듯 주저앉고 말았습니다. 아가씨의 머리와 어깨 위로 흰 눈발이 무심히 떨어져 내렸습니다. 그날 아가씨는 얼어붙은 사람처럼 보였습니다. 아니 아름다운 망부석처럼 보이기도 했습니다.

그때, 누군가가 제 뒤에서 거칠게 옷자락을 잡아당기며 허리를 잡고 끌어내렸습니다. 차가운 바닥에 주저앉은 아가씨를 내버려 둘 수 없었습니다. 당장 바다로 뛰어내려 아가씨가 있는 항구로 헤엄쳐 가고 싶었습니다. 저는 기둥을 끌어안고 계속해서 아가씨를 불렀습니다. 그제야 눈물이 뺨을 타고 빗줄기처럼 흐르기 시작했습니다.

"엉…… 엉…… 엉엉……"

어린아이 같은 울음이 터졌습니다. 어린 하인이 엄마를 찾듯 울고 있었습니다. 수많은 모습들이 눈앞을

스쳐 지났습니다. 배나무 아래 서서 배를 따는 소년을 불안하게 지켜보던 소녀의 얼굴이…… 소녀의 작은 손에 돌배를 건네주는 소년이…… 논에서 일하고 있는 하인 옆에 단물이 담긴 주전자를 내려놓고 돌아서는 아가씨의 모습이…… 가마의 작은 창을 통해 마주쳤던 아가씨의 눈동자…… 별당에 들여진 발 사이로 희미하게 드러나는 아가씨의 고운 선이……

옷소매로 눈물을 훔치며 점점 멀어지는 아가씨를 바라보았습니다. 뱃머리가 방향을 틀자 선 측으로 달려갔습니다. 사람들을 헤치고 아가씨를 더 가까이 볼 수 있는 자리에 서서 점만큼 작아진 아가씨를 바라보았습니다.

아가씨도 울고 계셨나요? 바닥에 주저앉아 당신도 울고 계셨나요? 저는 울겠습니다. 그러나 아가씨는 울지 마세요. 당신이 슬퍼하는 모습은 상상하기도 싫습니다. 아가씨 대신 제가 슬퍼하겠습니다. 그러니 울지 마세요. 아가씨! 나의 아가씨!

사랑하는 그녀와 황혼의 내 조국, 죽어가는 동지들을 뒤로하고 저는 미국으로 도망치듯 떠났습니다. 저

물어가는 조국 앞에, 고통당하는 동지들 앞에 당당한 모습으로 서리라는 마음을 품었지만, 깊은 내면에 숨겨진 진심은 바로 아가씨였습니다.

'지금 조선은 인재가 필요하니까'

그녀의 목소리가 머릿속을 맴돌았습니다.

'당신의 인재가 되어서 돌아오겠습니다.'

듣던 말과는 달리 바다는 매우 잔잔했고 보름달이 찬란히 빛나고 있었습니다. 한 폭의 그림처럼 고요한 아름다움이 바다에 가득 차 있었습니다. 저는 아가씨가 그리웠습니다. 벌써 그녀가 그리우니 어떻게 미국 생활을 견뎌 낼 수 있을까 하는 두려움이 생겼습니다.

몇 달 후, 미국에 도착했습니다. 조선에서 본 서양인들처럼 여자들은 폭이 넓은 치마를 입고 끝이 동그랗게 말린 양산을 쓰고 다닙니다. 신사들은 뒷기장이 긴 재킷을 입고, 장화를 신고 다니며, 대개는 지팡이를 짚고 거리를 활보합니다. 그래서인지 사람들의 나이를 짐작하기 어렵습니다. 아이들은 린넨 셔츠에 멜빵바지를 입고 마을을 뛰어다니고 있었습니다. 실오라기

하나 안 걸친 알몸으로 거리에서 놀고 있는 조선의 아이들이 떠올라 슬픈 풍경이기도 했습니다. 그러나 아이들만이 가진 특유의 활기참은 서양이나 조선이나 한가지였습니다.

저는 다음 해 2월 조지워싱턴대학교 정치학과 장학생으로 입학했습니다. 생활비를 벌기 위해 노동을 해야 했고, 식당에서 잡일을 했습니다. 조선에서 살 때보다 몇십 배는 더 힘든 생활이었습니다. 그러나 아가씨를 다시 찾기 위해 저는 죽을힘을 다해 공부하고, 일했습니다.

몸은 고되어도 꿈을 꾸는 것 같았습니다. 제가 대학을 다닌다니요? 아가씨가 좋아서 예배당을 찾았고, 아가씨가 좋아서 공부했고, 아가씨와 어울리는 사람이 되고 싶어서 이곳까지 왔습니다. 한 사람을 흠모함으로 인한 파장이 어찌 이리도 큰지요. 사랑은 태평양만큼 깊고 넓어서 저의 작은 머리로는 알 수 없습니다. 단지 '사랑은 하면 할수록…… 깊어지면 깊어질수록 더 크고 넓게 확장되어 가는구나'라고 느낄뿐이었습니다.

저는 그날도 어김없이 아가씨에게 서신을 썼습니

다. 예배당으로 보냈기에 분명히 그녀에게 전달될 것이라 믿었는데, 어찌 된 일인지 답신은 오지 않았습니다. 궁금해서 공부가 손에 잡히지 않았습니다. 저는 아가씨에게 계속해서 서신을 보냈습니다.

아가씨!
잘 지내고 계시는지요? 혹시 어디가 아프신 것은 아니신지, 무슨 일이 생긴 것은 아닌지 여간 궁금하지 않습니다.
아가씨! 이곳 미국은 참으로 자유로운 나라입니다. 사람들의 사고도, 행동도, 그들의 눈동자 색깔만큼 다양합니다. 조선에 있을 때는 감히 생각하지 못했던 일들이 제 주변에서 일어나고 있지요. 처음에는 편안하다고도 느꼈습니다. 이러한 자유를 위해, 익숙했던 생활, 평범한 삶, 그리고 사랑하는 사람들과 함께할 수 있다는 것을 모두 접고 혼자 이곳에 온 것입니다. 그러나 엄청난 포부와는 달리 화려하게 시작할 것 같았던 저의 생활은 시간이 흐를수록 그 이면을 드러내는 것 같습니다. 갈수록 공허함이 깊어집니다.
실현된 꿈에 분명히 중요한 것이 빠져 있었습니다. 이루어진 소원이 결국 무가치임이 드러나 또다시 버림받을지도 모른다는 두려움이 때때로 저를 엄습하는 것만 같습니다. 어느 곳에 있든 제 마음이 변하지 않으면 결국 똑같아진다는 걸 깨달습니다. 그러나 이 공허한 시간도 필요한 시간이라 믿겠습니다.

언제나 건강하시기를 빌며……

저는 서신에 아가씨에 대한 마음을 담지 않았습니다. 행여나 제 마음이 비춰진다면 아가씨가 또다시 뒷걸음칠까 염려했기 때문이었지요. 그녀에 대한 그리움이 건잡을 수 없을 만큼 커질 때면 잊기 위해, 더 열심히 공부했고 정신없이 일했습니다. 그러나 미국에 있는 동안 그녀는 제게 어떤 답신도 띄우지 않았습니다. 때때로 아가씨가 일본 영사의 아들과 혼인을 한 것은 아닌지 불안감이 엄습해 올 때면 저는 공부를 중단하고 조선으로 되돌아가고 싶은 마음이 건잡을 수 없을 만큼 커졌습니다. 그럴 때마다 하늘을 올려다보며 기도했습니다.

'제발 아가씨가 누구와도 혼인하지 않았기를, 앞으로도 안 하기를……'

1904년 어느 날이었습니다. 연해주에서 독립협회의 동지로부터 서신이 도착했습니다.

그리운 동지여

어떻게 지내고 있는지 궁금하구려.
일본의 횡포는 나날이 심해지고, 우리의 백성이 자국 땅에서 숨 쉬고 사는 것조차 일본의 눈치를 보아야 할 처지에 놓여 있소. 일본정부와 친일 세력의 눈을 피해 언제나 모든 것은 비밀에 부치외만, 앞으로 동지에게만은 예외로 하는 것을 미리 알리오. 많은 동지들이 한성감옥에서 죽음을 맞이했소. 이제 대한제국 한가운데에서 독립을 위해 일하는 것은 무리오. 우리는 대한제국을 떠나와 간도와 연해주를 거점으로 조직을 만들 계획에 착수했소. 연해주까지 가는데 강한 바람과 살을 에는 추위로 큰 고난을 겪었소이다.
동지! 4천 년 역사를 간직한 우리 대한제국이 근대화의 길로 접어드는 데 시련이 많구려. 열강은 자국의 이익만을 위해 우리 조선을 넘볼 기회만 찾고 있소. 일부 양반들이 중간에서 횡령과 착취를 일삼아 백성은 더욱 큰 고통을 겪고 있소. 그러나 조정이 제지할 능력이 없소이다.
백성은 목이 마르오. 그들을 진정으로 이끌 지도자를 원하고 있소. 누구도 믿을 수가 없는 이때, 우리의 동지들이 힘을 합하여 대한제국의 독립을 위해 일하기를 소원하외다. 나 한 몸 희생으로 우리 후손들이 살아갈 앞날이 밝아지면 그보다 더한 가치가 어디 있소.
내 삶의 목적은 오직 하나외다. 내 목숨은 하늘에 맡기고 우리가 이 땅에 태어난 이유를 위해 살다 가고 싶소.
가난하고 헐벗은 백성들에 대한 사랑과 충심을 이렇게라도 표현할 수밖에 없음에 서러운 눈물이 흐르오.
험한 땅에서 홀로 고군분투하고 있을 동지가 그립소.
답신을 기다리오.

일신의 안녕을 뒤로하고 항일투쟁의 길로 들어선 동지의 친필이었습니다. 무엇이 그로 하여금 조국과 백성에 대한 절절한 사랑을 피워내고 있는지 모르겠습니다. 이제 그의 가족도 뿔뿔이 흩어질 겁니다. 집안은 몰락하고 가산은 빼앗길 겁니다. 그것을 모를 리가 없습니다. 그들이 모를 리가 없습니다. 저는 잘 알고 있었기에 도망치듯 떠나온 것이지요. 이곳 미국에서 일신의 성장을 위해 학업을 선택한 것입니다. 그들은 숨어있지만 당당했고, 저는 자유했지만 비겁했습니다. 그들은 조선인 전부의 격노와 꿈을 짊어지고 있었지만, 저는 제 태생의 분노와 욕망을 짊어지고 있었습니다. 그들은 저들의 십자가를 지고 좁은 길을 걸었지만, 저는 제 영예를 안고 대로로 들어서고 있었지요.

저는 바닥에 주저앉아 주먹으로 벽을 내리쳤습니다. 한 번. 또 한 번. 또 한 번…… 삭막했던 가슴으로 한 줄기 바람이 지나갔습니다. 창으로 붉은 노을빛이 들어오다 주위는 어느새 어둠에 잠겼습니다. 그리고 어느덧 새벽을 울리는 닭의 울음소리가 들려왔습니다. 굳게 다문 입술은 여전히 떨고 있었고, 불끈 쥔 주먹에서는 핏줄기가 흘러내리고 있었습니다.

그해 겨울, 독립협회의 동지 한 명이 워싱턴에 도착한다는 서신이 왔습니다. 저는 그를 만나기 위해 워싱턴의 한국 공사관으로 갔습니다. 제가 막 도착했을 때, 그는 그곳의 서기관과 담화를 나누고 있었습니다. 동지는 저를 보자 벌떡 일어나 성큼성큼 걸어 나왔습니다. 그리고 두툼한 손으로 제 어깨를 감싸 안았습니다.

"동지! 오랜만이요. 그동안 고생 많았소!"

고생…… 한성감옥에서 나온 그가 자유로운 미국에서 사는 제게 건넨 첫마디였습니다. 나를 안은 그의 손이 떨리고 있었습니다. 저는 붉어진 눈시울을 감추기 위해 손으로 눈길을 돌리며 그의 손을 잡았습니다. 마른 가죽 같은 손은 여전히 떨고 있었지요.

"손이 떨려서 이제는 글씨를 쓸 수가 없소."

고문 후유증이었습니다. 저는 그 자리에 바위처럼 서서 창밖으로 지나가는 풍경을 바라보았습니다. 민주주의가 꽃을 피운 나라, 미국의 하늘에서 흰 눈발이 구속과 얽매임이 없는 그 나라의 백성들처럼 여기저기로 흩날리고 있었습니다.

다음 해 겨울, 저는 대학을 졸업하게 되었습니다. 판서님 댁에 버려졌던 핏덩어리가 미국 대학의 졸업장을 받은 것입니다. 저는 졸업장을 가슴에 품고 대한으로 돌아갈 날을 기다리고 있었습니다. 그런데 일본이 조선의 국권을 강탈하려 한다는 구체적인 소식이 들려왔습니다. 그런 소식이 들린 얼마 후, 독립협회 동지로부터 서신이 왔습니다. 독립운동을 위한 일꾼들이 필요하다고 했습니다. 1905년 을사늑약 이후, 많은 민족운동가들이 만주로 건너가 항일 운동을 펼치고 있으나, 더 많은 용병들이 필요하다고 말입니다.

지난번 보낸 서신에 할 말을 다 했기에 다시 되풀이할 필요는 없겠소이다.
큰 국면을 둘러보건대 오직 이 한 가지 방법뿐이외다.
이제 우리 중 누구는 미국으로 건너가 일본에게 유린당하는 대한제국의 억울함을 국제적으로 호소할 것이오.
누군가 떠났다면 누군가는 돌아오는 것이 세상의 이치이거늘.
동지! 떠나간 동지들의 빈자리가 허전하외다.
동지가 세상일에 뜻이 없다면 그만이거니와 있다면 속히 도모하시오.
시기를 정해서 알려준다면
내가 간도에서 기다리면서 먼저 여비를 보내리라.
4천 년의 역사를 지닌 우리 대한제국이외다. 앞으로 우리의 형제자매와 후손들이 살아나갈 땅이외다. 대한제국을 함께 지키기를 소원하오.
뜻은 길되 말이 짧아 눈물이 흐르오.
편안하시기를 빌며 답장을 기다리리다.

한 동지가 구국 교육 운동으로 간도에 서전서숙이라는 학교를 건립했고, 이곳에 항일 운동을 고취시킬 교사가 필요하다는 밀서가 동봉되어왔습니다. 서신은 이어졌습니다. 총을 메고 싸우자는 동지들은 무장 독립군이 되었고, 국민 정신을 계몽해야 나라를 되찾을 수 있다고 생각하는 동지들은 애국계몽운동에 나섰다고 했습니다. 이들은 그곳에서 학교와 교회를 건립하고 서당도 세우고 있다고 전해 왔습니다.

저는 아가씨를 떠올렸습니다. 그녀에게 이 졸업장을 보여주기 위해 조국에 있는 동지들의 비난, 미국에서의 가난과 인종 차별, 외롭고도 서러운 6년을 낯선 땅에서 견뎌 냈습니다. 독립운동을 하다가 구금되고 사형당한 동지들의 서신에도 두 눈을 질끈 감아 버린 세월이었습니다.

아가씨와 판서님이 살고 계신 내 조국이 일본에 의해 강탈당하고 있었습니다. 저는 동지들이 보내온 서신들을 꺼내어 다시 읽기 시작했습니다. 조선을 떠나올 때 창밖으로 들어오던 풍경이 떠올랐습니다. 가난한 아이들의 해맑은 웃음소리, 오염된 도랑에서 채소를 씻는 아낙들, 오염된 하수가 도로로 넘쳐흐르는 곳에서 태연하게 삶을 살아가는 우리네 조선사람……그리고 아가씨가 나의 아가씨가……

더 이상 제 성공의 이유에 대해 어떠한 합리화도 불

가능한 시기가 온 것입니다. 꿈을 위해 달려가던 노비에게 거절할 수 없는 형식과 백성을 위해 도리를 다한다는 화려한 명분이 서기도 하였지요. 그러나 그 이면에는 아가씨를 일본 청년에게 절대 빼앗기지 않겠다는 마음이 투영되어 있었지요. 무엇이 먼저인지, 어떤 감정이 중요한지 복합적으로 떠오르는 상념을 멈췄습니다. 아직 잘은 모릅니다. 그러나 분명한 것은 제가 간도로 가야 한다는 사실이었습니다. 북간도에 세워진 '서전서숙'에서 교사로 일하기 위해서였습니다. 어쩌면 저는 대한으로 돌아가는 것이 두려웠을 겁니다. 제가 보낸 수백 통의 서신에 대한 아가씨의 답신이 없었기에, 보내지 않은 아가씨의 사정을 알고 싶지 않았습니다. 애써 외면하고 싶었습니다.

제가 간도로 떠난 얼마 후, 친일세력과 일본의 강요에 의해 고종은 퇴위하고 말았습니다. 일본인 손으로 우리 조선 황실의 문을 닫게 할 수는 없었습니다. 아가씨가 계신 그곳을 주인 잃은 황폐한 땅으로 만들 수는 없었습니다. 저는 낮에는 서전서숙에서 학생들을 가르쳤고, 밤에는 러시아와 만주에서 활동하는 독립군 용병들을 만났습니다.

어느 날이었습니다. 미국인 한 사람이 저를 찾아왔습니다. 그는 청진을 방문했을 때, 독립 운동가인 한 조선 청년으로부터 부탁받은 일을 위해 영어가 가능했던 용병 중 저를 찾은 것이었습니다.

"안녕하십니까? 저는 전 세계를 다니며, 그 나라의 인상적인 삽화와 기사를 뉴욕신문에 기고하고 있는 화가입니다."

"기다리고 있었습니다. 앉으시지요."

우리는 지하의 어두컴컴한 방에서 붉은빛 조명이 비치는 동그란 탁자를 마주 보며 앉아 있었습니다. 탁자 위에는 찬물 병과 따뜻한 차가 담긴 호리병, 그리고 컵 두 잔이 놓여 있었지요. 저는 먼저 그의 찻잔에 차를 따랐습니다. 그리고 제가 늘 사용하던 컵에는 찬물을 가득 따랐지요. 어린 머슴의 채워지지 않는 갈증은 여전했습니다.

"지난달, 제가 서울 정동에서 초상화를 그리고 있는데 웬 청년이 그림을 그리고 싶다 찾아왔지요."

그는 차의 향기를 맡으며 음미하듯 조심스레 말을

이었습니다.

"그는 제게 독립활동 자금을 위해 금을 밀반출해 달라며 간청했습니다."

당시 한국 내 금을 국외로 반출하는 것이 엄격히 통제받고 있을 때였습니다. 그는 탁자 위에 흰 보자기로 쌓인 꾸러미 여러 개를 올려놓으며 말했습니다.

"얼마 전에 3명의 학생이 금을 몰래 소지한 채, 압록강을 건너 밀반출하려다 발각되었지요. 2명은 현장에서 4만 달러치를 압수당했고, 한 학생은 강물로 뛰어들어 만주로 헤엄치러 가려다 익사한 사건이 있었습니다. 아십니까?"

컵을 들고 있던 손이 떨리며 물에 미세한 진동을 일으켰지요. 저는 물을 가득 따라서 한 컵을 더 마셨습니다.

"그런 일이 있었군요……"

"수많은 나라를 여행해 보았지만, 당신네 백성 같은 사람들은 처음 보았소. 그들은 분명히 하늘에 속한 백성, 천손이오. 그 때문에 고난도 많을 것입니다. 그래서 언제나 하늘의 도우심을 구해야 합니다."

"무슨 말씀이십니까?"

저는 반쯤 남은 그의 잔에 차를 따르며 물었습니다.

"저를 찾아온 사람들은 대부분이 흰옷을 입은 늙은 노인들, 어린이들 그리고 남루한 옷을 걸친 짐꾼들이었소. 어떤 이는 들키지 않기 위해 밤새 맨발로 걸어왔습니다. 어떤 노부인은 아무 말 없이 결혼반지와 금은 팔찌를 풀어내 손에 꼭 잡아 주었소. 짐꾼들도 봇짐 속에 감춰왔던 크고 작은 금덩어리들을 쏟아놓았지요. 초상화를 그려달라며 엄마를 따라온 아이들은 제 엄마들이 눈짓하니 누더기 저고리 안에서 금가락지들을 꺼내놓고는 뛰쳐나가더군요."

"조선 민중은 외세의 침략까지 몸으로 버텨낸 강한 민족입니다. 그들을 위해서 대한은 반드시 독립해야만 합니다."

그 말을 마치고 저는 다시 물컵을 들었습니다. 그 순간 그의 말이 저를 놀라게 했습니다.

"하늘의 뜻을 이룰 백성은 고난이 많은 법입니다. 앞으로 당신의 나라에서 어떠한 일들이 발생될지 때로는 저도 두렵습니다. 그러나 당신네 백성들은 언제나 승리할 것이오!"

외국인의 시선은 처참하고 참담한 나라 잃은 백성에게 또다시 다가올 불행, 그러나 그 이면에 감춰진 진실, 그리고 언약된 약속을 예견하고 있었습니다. 간도한 복판에서의 지하실 밀담은 계속되었습니다.

어느 날, 국제 사회단체의 한 사람이 우리에게 은밀히 접촉해왔습니다. 그는 일본의 일방적인 조선의 침략은 부당함을 피력했고, 그것에 대해 자신이 속한 단체가 분노하고 있음을 알렸습니다. 서신의 말미에는 대한제국의 독립을 위하여 그들은 언제든 도울 준비가 되어 있다고 씌여 있었습니다. 그는 상하이에 거주하며 독립운동의 자금을 대고 있는 조선인과 긴밀히 접촉하도록 도왔습니다. 그는 김훈으로 1880년대 미국에서 유학하다 조선으로 돌아와 독립운동을 하던 중, 수감되어 옥고를 치른 후, 비밀리에 중국 상하이로 망명한 사람이었습니다.

그는 이미 조선에서 사망 처리된 사람이었고, 덕분에 위조한 신분으로 만주와 러시아 등지에서 독립운동을 할 수 있었습니다. 그는 미국의 무기상과 접촉하여 미군 내에 무기를 공급해 주는 일을 하며, 독립운동 자금을 모으는 일의 주요 인물이었습니다.

처음 그를 보았을 때, 당시 조선인에게 느낄 수 없는 편안함과 자유로움이 느껴졌습니다. 50대 중반으로 보이는 그의 얼굴에는 대각선의 칼자국이 희미한 주름처럼 잡혀 있었으나, 유연한 성격에 호탕한 웃음소리가 따스하고 인간적인 분위기를 자아냈습니다. 저는 한눈에 그에게 신뢰를 느낄 수 있었습니다. 그는 오랫동안 미국과 상하이를 오가며 사업을 하고 있다고 자신을 소개했습니다. 그리고 우리에게 놀라울 정도의 섬세한 손놀림과 빠른 동작으로 총을 조립하고 분해해 보였습니다. 그는 최고로 선진화된 무기를 우리에게 공급했고 다루는 방법을 가르쳤으며, 총알을 최소화시키되 위력은 강한 신무기를 무기 도매상으로부터 조달해 왔습니다.

우리의 계획은 이러했습니다. 일본이 일방적으로 파기한 한일 조약의 부당함에 대해서, 일본인 시민단체의 일원으로 입장을 표명하는 것입니다. 일본인이지만 강제침략을 반대하는 의견을 가지고 러시아 황제의 서명을 받을 것입니다. 목적은 총리인 사토 야스히로를 저격하는 것이었습니다. 저는 일본인으로 위장하여 황실에 들어가게 될 것입니다.

김훈 선생이 아주 작은 만년필 촉을 준비해왔습니다.

"이것은 러시아에서 특수 제작된 것이오. 주로 러시아에서 미국의 특수요원들을 공격할 때 사용하는 겁니다. 이번 임무는 동지가 수행하시오. 사토 야스히로가 러시아 황실을 방문할 때 접근하여 사살하셔야 하오."

이 일을 위해 재러 교포인 최재형 선생이 우리와 합류하였습니다. 그는 노우키예프스크에 거주하는 러시아 군납 상인으로 우육류 납품으로 거금을 모은 사람이었습니다. 그는 25세에 두 번에 걸쳐 러시아 황제를 알현하는 등 러시아 극동정책을 위해 주요 인사로 부각된 인물이었습니다. 그는 조선독립운동과 시베리아에 거주하는 조선 민족을 위하여 자신의 재산을 사용하고 있었습니다. 그가 당시 러시아는 외국인이 황실에 들어올 수 있을 정도로 개방시키고 있다는 정보를 주었기에 가능한 계획이었습니다.

순식간에 해야 할 일이었으므로 우리는 신중하고 민첩해야 했고, 긴장을 늦추지 말아야 했습니다. 우리의 계획대로라면 사토 야스히로는 저격당하지만, 누구에 의해 어떤 무기로 저격당했는지에 대해서는 어떤 증거도 남기지 않아야 했습니다. 짐작은 하지만 물증이 없기에 그 누구도 고발할 수 없는 공황상태를 만드는 것이었습니다.

우리는 밤이면 독립운동가의 한 사람이 운영하는 간도 중심가에 있는 식당에 모여 커튼이 쳐진 방으로 들어갔습니다. 그리고 나무 바닥을 덮은 카펫을 걷어내고 지하로 연결된 문을 열고 지하실로 내려갔습니다. 우리가 내려가면 2차로 용병 몇 명이 그 방으로 들어와 주객이 되었습니다. 우리는 지하실에서 만년필을 조립하고 분해하는 연습을 수없이 해야 했습니다. 애국계몽운동에 앞장섰던 교사는 점점 독립군 투사가 되어가고 있었습니다. 사토 야스히로가 비밀리에 러시아를 방문한다는 구체적 일정이 잡힌 밀서가 도착했습니다.

제가 블라디보스토크에 있는 독립군 단체와 교섭

하기 위해 떠날 준비를 하고 있을 때였습니다. 창밖으로 용병 한 명이 숨을 헐떡이며 달려오는 모습이 보였습니다. 기숙사 현관문을 박차고 뛰어오는 소리가 들리더니 그가 세차게 방문을 두드리며 소리쳤습니다.

"선생님! 선생님! 계십니까?"

무언가 어긋난 조짐을 느낀 저는 문 손잡이를 잡고 잠시 머뭇거렸습니다. 용병이 또다시 문을 두드렸습니다.

"문제가 생겼습니다!"

저는 천천히 문을 열었습니다. 그는 간도에서 활동 중인 용병 한 사람이 일본 군사한테 잡혀갔다고 말했습니다. 붙잡힌 학생은 우리가 황제를 방문할 때 큰길에 대기하고 있다가 사토 야스히로가 궁 안으로 들어오는 시간에 일본인 주객으로 연기하며 잠시 소동을 일으킬 임무를 맡은 용병이었습니다. 그는 일어에 능통하고 애국심이 깊은 서전서숙 학생의 한 명이었습니다.

"선생님! 저희 내부에…… 밀고자가 있는 것 같습니다."

불안한 심정을 담은 눈동자가 매달리듯 저를 바라보았습니다. 잊고 있던 눈빛이 떠올랐습니다. 백성에 대한 근심과 조정에 대한 절망이 서린 노인의 눈빛. 시대의 고통을 넘겨주는 무력한 노인의 실낱같은 희망이 교차하던 바로 그분의 눈빛이었습니다. 그리고 그 너머 의학 서적을 가슴에 품고 홍조 띤 얼굴로 저를 보던 여인의 얼굴이 떠올랐습니다. 아가씨를 생각할 때마다 어디선가 새소리가 들려왔습니다. 나무 사이에서 놀던 새들이 푸드덕 거리며 날아오르는 소리도, 졸졸졸 개울물이 흘러가는 소리도…… 그리고 그 소리들 사이로 아가씨의 작고 세미한 음성이 들려왔습니다.

'다 잘 될 거야.'

저는 입을 굳게 다문 채, 창밖을 응시했습니다. 잡혀간 용병은 서대문 형무소로 이송될 것입니다. 그리고 모진 고문을 당할 겁니다. 모진 고문에 지친 용병은 어쩌면 우리의 계획과 조직망을 말할지 모릅니다. 독립투사들이 하나둘 죽어가는 곳에서 또 한 명의 젊은 애국자가 죽음을 당할지 모를 일입니다. 그러나 저는 일을 포기할 수 없었습니다. 이번 일을 처리하기 위해서는 지금 당장 블라디보스토크로 떠나야 했습니다. 저는 학생을 통해 우리 조직원들에게 보낼 짧은 메모를 보냈습니다.

"약장수 취소! 당분간 문단속"

그러나 저는 이미 비밀리에 이곳을 떠나 임무를 착수할 결심을 굳힌 상태였습니다. 그날 오후, 저는 약장수로 변장하여 블라디보스토크행 열차에 몸을 실었습니다.

열차 안으로 들어가자 칙칙하고 짧은 조끼를 입고 있는 중국인 몇 사람이 앉아 있다 저를 흘깃 쳐다보았습니다. 사람들에 대한 경계심을 한시라도 늦출 수 없는 상황이었습니다. 제 옆에는 투박한 잿빛의 코트를 입고 있었던 러시아인이 창밖으로 지나가는 풍경을 무심히 바라보며 앉아 있었습니다. 저는 고개를 숙이고 최대한 몸을 웅크려 잠이 든 척, 눈을 감았습니다.

역에 도착하자, 저는 천천히 역 밖으로 빠져나와 광장 주변에 있는 의자를 눈으로 찾았습니다. 그때 가로

등 아래 나무의자에 앉아 신문을 읽고 있는 신사복 차림의 남자가 시야에 들어왔습니다. 그는 신문을 접고 옆에 있던 가방을 들고 일어나 제게 다가왔습니다. 그의 눈에 예리한 빛이 번득였습니다.

"약장수요? 배탈 났는데 먹는 약 있습까?"

"기다리시라요."

저는 봇짐을 내려 짐 속을 뒤적이며 흰 종이에 싸여진 약을 건넸습니다.

"고맙수, 물 마시고 그냥 삼키우? 아님, 씹어 먹수?"

"씹어 드시면 됩니다."

저는 지폐 한 장을 받고 돌아서서 황급히 역 광장을 빠져나왔습니다. 지폐에는 독립단 기지의 약도가 자세히 그려져 있었습니다.

약을 산 사람이 누구인지 저는 모릅니다. 아마도 조직망이 발각되지 않기 위해 점조직으로 활동하는 또 한 명의 귀한 용병일 것입니다. 그 역시 최재형 선생의 비호아래 독립운동을 하는 용병이리라 추측할 뿐이었지요. 최재형 선생은 당시 적극적으로 독립운동을 지지하며 국내에서 오는 애국지사들을 맞이하고, 국권회

복운동의 중추 기구를 세워 항일무장단체로 육성시키고자 하는 계획을 추진하고 있었습니다. 저도 이번 일을 마친 후, 이 조직을 육성시키기 위해 노우키에프스크로 가서 최재형 선생과 합류해야 했습니다.

의병기지에 거의 도착할 즈음, 거리 모퉁이, 전봇대 앞에서 서성이던 청년 한 명이 저를 유심히 살피면서 걸어오기 시작했습니다.

"약장수요? 배탈약 있소?"

저는 봇짐을 뒤져 약을 건네며 그에게 눈짓했습니다. 저는 그의 뒤를 따라 기지로 들어갈 수 있었습니다. 어둡고 좁은 복도를 지나서 모퉁이를 돌아, 옅은 불빛이 새나오는 복도 끝의 방 앞에 멈추어 섰습니다. 저를 안내한 청년은 가벼운 목례를 하고 돌아나갔습니다. 문을 세 번 두드리자, 잠시 후 작은 목소리가 들렸습니다.

"약장수요?"

"배탈약 있소."

문이 열리자, 그곳에는 김훈 선생이 기다리고 있었습니다. 저는 김훈 선생에게 간도에서 붙잡힌 용병 이야기를 전해주었습니다.

"소식 들었소! 그러나 그를 믿어 봅시다. 지체할 일이 아니오. 난 선생이 올 거라 믿었소!"

선생이 크고 두툼한 손으로 제 어깨를 감싸 안았습니다.

그날 밤, 저는 그들이 마련한 숙소에서 잠을 청했습니다. 부엉이의 구슬픈 울음소리가 드문드문 들려왔습니다. 내일 저의 운명이 어찌 될지 모릅니다. 성공할 것이라 확신하고 일을 진행하지만, 무엇도 장담할 수는 없었습니다. 하물며 그렇게 여유로운 김훈 선생마저도 긴장하고 있었으니 말입니다.

저는 간도에서 가지고 온 수십 통의 서신 뭉치를 꺼냈습니다. 아가씨에게 차마 보내지 못한 것들이었습니다. 저는 그녀에게 서신을 쓰기 시작했습니다.

사랑하는 아가씨!

부디 용서하십시오. 감히 사랑한다는 고백을 서두에 씁니다.

아가씨! 제가 당신을 사랑하기 위해선 대단한 용기가 필요했습니다. 우리는 같은 하늘 아래에서 다른 세상을 살던 사람들이었습니다. 우리의 언어는 같았지만, 우리의 말에 담긴 의미는 분명히 또 다른 해석이 필요했습니다. 적어도 제겐 그랬습니다. 당신이 하인에게 건넨 연민의 말을 하인은 사랑의 언어라 착각할 수도 있었겠지요. 그건 신분이 다른 사람들이 진심을 모른 채 주고받는 대화의 맹점이기도 할 것입니다. 그것이 저를 행복하게도 했지만, 가끔은 불행하게도 했습니다. 당신의 언어와 손짓 하나에 여러 가지 의미를 부여하여 천국을 날다가도 순식간에 지옥의 나락으로 떨어지기도 했으니까요.
그러나 아가씨! 지금까지 변하지 않는 것이 하나 있습니다. 당신이 저와 같은 하늘 아래에 살고 있어서 행복하다는 것입니다. 이젠 당신의 마음을 확인하려 노력하지 않겠습니다. 당신을 사랑합니다. 제가 아가씨를 여인으로 의식한 순간부터 지금까지 그리고 앞으로도 영원히 당신만을 사랑할 것입니다.

아가씨를 보지 못한 10년의 세월 동안 가슴 속에 묻어 두었던 고백을 했습니다. 당시 그것이 마지막 서신이 될 수도 있다는 생각을 했던 것 같습니다. 아무것도 확신할 수 없는 예측 불가능한 상황 가운데 우리는 하루하루를 버텼기 때문이었습니다. 의지적인 믿음과는 관계없이 올라오는 두려움은 저 역시 어쩔 수 없었습니다. 누군가의 밀고로 잡혀간 용병 때문에 저의 계획이 노출되었을지도 모릅니다. 언제나 우리는 많은 경우의 수를 두고 일을 추진해야 했습니다.

그동안 제게는 많은 일들이 있었습니다. 제 신분으로는 조선에 갈 수 없는 독립운동가가 되어 있었던 것입니다. 위험을 무릅쓰고 아가씨를 찾아갈 수도 있었겠지요. 그러나 저는 가지 않았습니다. 체포되어 구금되거나, 어쩌면 사형에 처해지는 것보다 더 두려웠던 것은 피하고 싶은 현실과 마주하는 것이었습니다. 그것은 길게 땋아 내린 아가씨의 머리가 마님의 그것처럼 바뀌지는 않았을까 하는 것이었습니다. 그래서 외면하고 싶었습니다. 용기가 없었던 것입니다.

다음 날, 우리는 러시아의 눈보라를 맞으며 역으로 향했습니다. 그리고 상트페테르부르크 열차에 몸을 실었습니다. 끝없이 펼쳐진 눈밭 위로 또다시 흰 눈발이 몰아치며 쌓여갔습니다. 3박 4일의 여정 후에 우리는 상트페테르부르크 역에 내릴 수 있었지요. 대기실은 사람들로 북적였습니다. 우리는 거리를 두고 걸으며 사람들 사이를 살폈습니다. 그때, 러시아인 한 사람이 슬그머니 다가와 신문을 건네며 말했습니다.

"국제 자유 총연합회 소속 총무님이십니까?"

"네, 맞습니다."

그는 정중한 인사를 건네며 우리를 근처의 숙소로 안내했습니다. 저는 먼저 숙소 창문으로 다가가 커튼 사이로 주위를 살폈습니다. 을씨년스럽게 서 있는 11월의 가로수 사이를 사람들이 분주하게 오가고 있었습니다. 잠을 이루지 못하는 밤이었습니다. 동지 역시 눈이 쏟아지는 창밖을 내다보며 탁자 앞을 서성이고 있었습니다.

다음 날, 저는 정성스레 몸을 씻고, 옷을 단정하게 차려입은 후, 김훈 선생의 방으로 들어갔습니다. 그리고 가슴에 품은 서신 한 뭉치를 탁자 위에 올려놓으며 주소지를 적은 종이를 건넸습니다.

"선생님, 제가 지금까지 이 길을 갈 수 있도록 버팀목이 되어 준 여인입니다. 꼭 전해 주십시오."

김훈은 말없이 서신을 내려다보았습니다.

"반드시 살아서 다시 만날 것이오. 생기 넘치는 소망은 젊은이들의 특권 아닙니까? 그것은 시대가 변해도 청년들의 열정이 식지 않은 이유지요."

그는 제 어깨를 가만히 잡아주었습니다. 방으로 돌아오자 두 사람의 아침 식사가 정갈하게 차려져 있었습니다. 음식을 보자 갑자기 메슥거렸습니다. 동지도 마찬가지였나 봅니다. 우리는 물 한 대접으로 아침 식사를 대신하고 숙소 앞에 대기시킨 차에 올라 궁으로 향했습니다.

완벽한 일본인으로 변장한 우리를 실은 차 안은 긴장과 무거운 침묵에 잠겨갔습니다. 그러나 실낱같은 무언가가 우리의 가슴 밑바닥에서부터 올라와, 삶과 죽음에 초연해져 가는 우리의 마음을, 그리고 더 깊은 곳에 자리한 우리의 영혼을 끌어 올리고 있음을 느꼈습니다. 제게 한 번의 생이 다시 허락되었던 열세 살의 그해 여름, 끊어졌던 줄이 다시 이어지던 그 날 새벽에, 또다시 두 번의 생이 허락되어진 열여섯의 여름날, 죽음의 끝에서 부활한 그 날 아침에 하늘이 맡긴 사명을 알아가고 있었던 것입니다.

"아가씨…… 당신을 통해서 선물 받은 또 한 번의 생을 후회 없이 살겠습니다."

저 자신도 의식하지 못했던 고백을 독백처럼 내뱉고 있었습니다.

궁 앞에 도착했을 때, 우리 둘의 입가에는 옅은 미소가 지어져 있었습니다. 저는 동지의 손을 잡고 그의 눈을 바라보았습니다. 슬픈 빛이 돌지 않는 동지의 눈동자가 샛별같이 빛나고 있었습니다.

"눈 속에 불꽃이 번쩍였어요."

개천의 다리 아래서 만난 익살스럽게 웃던 꼬마의 얼굴이 떠올랐습니다. 입궐 심사는 치밀하고 신중했습니다. 우리는 속옷까지 불법 물품 소지 여부를 확인받아야 했습니다. 가방 안의 소지품을 책상 위로 쏟아내며 그는 하나하나 살피기 시작했습니다. 그러다 물건들 사이를 굴러다니는 만년필을 집었습니다. 촉이 없는 만년필. 순간 동지와 저의 눈빛이 마주쳤습니다. 감시관은 고개를 갸우뚱거리며 저를 쳐다보았습니다. 저는 말없이 미소를 지었지요. 그러자, 그의 얼굴에도 언뜻 희미한 미소가 지나갔습니다. 그는 만년필을 다시 가방에 넣었습니다. 안도의 숨이 새나왔습니다. 검사를 통과한 우리는 그제야 황실로 안내받아 들어갈 수 있었습니다. 황제는 최재형 선생을 의식한 듯이 반갑게 맞아 주었고, 통역을 세워 우리의 의견을 신중하게 들어주었습니다.

저는 일본인으로 현재 미국에 거주하여 사업을 하고 있으며 서방의 시민단체에 소속된 단장으로 각국에서 전해지는 정보를 전해 받고, 부당한 사건이 생길 때마다 나라별 수상을 찾아다니며 서명받는 일을 하고 있다고 소개했습니다. 최재형 선생은 사업상 알게 된 좋은 친구며 황제를 만날 수 있게 해 준 것에 대해 감사하고 있다며 황제의 마음을 열었습니다.

그때였습니다. 황실 밖이 조금씩 분주해지기 시작했습니다. 시간이 없었습니다. 사토가 도착한 것이 분명했습니다. 저는 가방에서 서명할 종이와 만년필을 꺼냈습니다. 황제는 서명을 하려다 말고 만년필 촉이 없는 것을 발견하고 제게 건넸습니다. 저는 몇 번씩 사죄를 드렸고, 우리 조직원인 통역관에게 새로운 만년필을 부탁했습니다. 그는 신하에게 귀엣말을 한 후, 그에게 만년필 촉을 건네받았습니다. 통역관이 전해 준 촉을 재빨리 소매 깃에 숨길 때, 동지가 새 만년필을 주었습니다. 저는 받아들고 싱겁게 웃으며 제작한 만년필을 아무렇지도 않은 듯이 주머니에 넣고 황제에게 평범한 만년필을 드렸지요.

우리는 황제의 서명을 받은 후, 황실을 빠져나와 사토가 들어올 때까지 잠시 머뭇거렸습니다. 그때, 복도 끝에서 수행원에 둘러싸인 다부진 체격의 남자가 걸어오고 있었습니다. 우리는 일본어로 대화를 나누며, 그들을 못 본 듯이 자연스럽게 앞으로 걸어나갔습니다. 동지가 사토를 보며 반갑게 인사를 청했습니다.

"이게 누구십니까?"

동지가 사토를 향해 철없는 청년처럼 또다시 말을 걸었습니다.

"오랜만입니다."

"여기는 어쩐 일이십니까?"

동지는 사토에게 자신은 당신의 아들과 함께 미국에서 유학을 했고, 당신의 집에 한 번 방문한 일이 있었다며 그럴듯하게 연기하기 시작했습니다. 사토는 고개를 갸우뚱하며 아들의 대학 친구라는 동지를 유심히 살폈습니다. 저는 수행원의 경계가 느슨한 틈을 타서 사토의 옆을 지나면서 팔이 스치는 순간, 그의 옷깃을 젖혀 허리에 독침을 찔러 넣었습니다. 그리고 재빨리 만년필 촉을 바닥에 떨어뜨리고 뒷굽으로 짓밟아 부숴 버린 뒤, 유유히 그들 사이를 빠져나왔습니다.

사토가 갑자기 어깨를 웅크리고 허리를 숙이며 왼쪽 옆구리에 손을 짚었습니다. 제 임무의 마지막은, 황실 문 옆의 화분 사이에 숨겨 놓았던 말벌을 풀어 놓는 것이었습니다. 저는 동지를 기다리고 있는 사이, 나뭇잎을 흔들었습니다. 순간 벌이 천정으로 날아올랐습니다.

복도는 말벌을 잡느라 소동이 났습니다. 그 사이 우리의 동지는 아드님께 안부를 전하라는 마지막 인사를 남기고 유유히 빠져나왔습니다. 당황한 사토는 큰소리로 누군가를 불렀습니다. 우리가 나간 사이 그는 말벌이 허리를 쏘았다고 소란을 피우다가 귀빈실로 들어가 황실 의료진에 의해 치료를 받고, 잠시 침대에 누워 휴식을 취할 것입니다. 그리고 매무시를 단정히 한 후, 황실로 들어가서 그들만의 밀담을 나눌 것입니다. 독이 온몸에 퍼진 다음 날, 사토는 사망했습니다. 조선의 황실을 마음대로 흔든 것에 대한 응징은 일본의 지도력을 향한 직접 사살이었습니다.

한 달 후, 저는 최재형 선생과 합류하기 위해 노우키예프스크로 떠났습니다. 간도에서 서전서숙의 역사, 지리 교사였던 저는 연해주 독립군 투사로서의 새로운 삶을 시작한 것입니다. 안중근 선생을 비롯한 주요 독립군들이 모여들며 연해주는 점차 항일독립운동의 기지화가 되어 가고 있었습니다. 저를 비롯한 몇몇은 본부에서 생활했고, 안중근 선생은 최재형 선생 집에 머물며 사격 훈련을 하였습니다. 그것은 안중근 선생이 맡은 특별한 임무 때문이었습니다. 선생의 독립에 대한 끓어오르는 열망이 어쩌면 무모할지 모를 이 임무를 생의 마지막이란 각오로 추진하고 있었다는 것을 곁에서 지켜보았던 우리는 알고 있었습니다. 그것은 을사늑약을 강제 체결한 초대 통감, 이토 히로부미를 직접 사살하는 것이었습니다.

1909년 10월 26일 오전 9시 이토 히로부미는 러시아의 재무상과 회담하기 위하여 하얼빈 역에 도착하였습니다.

이토 히로부미가 하얼빈 역에 도착해 수행원의 안내를 받으며 러시아 군대 앞을 막 지나가는 순간이었습니다.

"탕! 탕! 탕!"

연이은 세 발의 총성이 들렸습니다. 이토는 순식간에 군중에 휩싸였고, 주변에 있던 하얼빈 총영사 세 명도 함께 쓰러졌습니다. 건너편 차에 있던 우리는 안중근 선생이 있는 방향으로 재빨리 차를 돌렸습니다. 그때였습니다. 호각소리가 들리며 안중근 선생은 순식간에 러시아군에게 포위당하고 말았습니다.

"차 돌려!"

머뭇거릴 새가 없었습니다. 차는 몰려드는 군중을 피해 큰길로 나갔습니다.

"코레아 우라(대한 독립 만세)!"

역 광장에서 안중근 선생의 울부짖음이 들렸습니다.

우리는 최재형 선생의 사무실로 찾아갔습니다. 이미 소식을 들은 최 선생은 급히 러시아인 변호사를 준비시키고 있을 만큼 침착하고 민첩하게 행동했습니다.

“동지들은 지금 당장 블라디보스토크로 떠나시오. 만주, 북간도에 있는 우리 조직이 발각됐소. 본부에 있으면 절대 안 되오! 식량과 군자금을 대줄 농민들이 동지들을 기다리고 있을 거요. 조용해질 때까지 그곳에 머무시오.”

러시아 국경을 넘었습니다. 국경선부터는 걸어야 했습니다. 허허벌판에서 눈보라를 만났습니다. 계속 걸어도 광대한 눈밭뿐이고 추위는 살을 에는 듯하였지요. ‘여기서 잠들면 죽는다’는 생각으로 걸었습니다. 정신을 잃을 수는 없었습니다. 우리 일행은 계속해서 걸었습니다. 밤이면 토굴을 파고 들어갔습니다. 식량도 떨어져 갔습니다. 힘을 비축하기 위해 서로 간의 말을 아껴야 했습니다. 새벽이 오고 아침이 오면 우리는 어김없이 걸었습니다. 몰아치는 눈보라에 털로 감싼 얼굴을 겨우 내밀고 나침반을 확인했습니다. 그때였지요. 멀리서 희미한 형체가 달려오는 모습이 보였습니다. 눈벌판에서 반사된 빛에 눈이 부셨습니다. 겨우 실눈을 뜨고 그곳으로 시선을 집중시켰습니다. 말을 타고 달려오던 두 사람이 우리 앞에서 힘차게 고삐를 당겼습니다.

"최재형 선생이 보내었소?"

우리는 동시에 고개를 끄덕였습니다.

"고생들 많았소!"

그들은 블라디보스토크에서 우리를 기다리고 있던 농민군들이었습니다. 그 이후로는 기억이 나지 않습니다. 눈을 떴을 때 저는 어느 방에 누워 있었습니다. 방안은 따뜻했고, 주변은 조용했습니다. 저는 황급히 일어나 주위를 살폈지요. 동료들은 보이지 않았습니다. 그때, 문이 열리며 눈밭에서 마주쳤던 농민 한 사람이 들어왔습니다.

"깨어나셨습니까? 선생님!"

"네…… 여기까지 어떻게 왔는지…… 기억이 없군요."

"그러실 겁니다. 기적처럼 저희를 만나셨습니다."

그는 난로 위에 올려진 주전자에서 물을 따라 제게 건네며 말했습니다.

"제 동지들은 어디 있소?"

저는 창밖을 쳐다보며 그에게 물었습니다.

"김훈 선생을 아시지요? 동료들은 그분과 함께 계십니다."

그는 우선 제가 몸을 추스른 후에 농민군의 본부로 함께 가자고 했습니다. 그러나 저는 기다릴 수 없었습니다. 안중근 선생이 어찌 되었는지, 우리 용병들의 안전은 어떠한지 궁금해서 견딜 수가 없었지요. 그날 늦은 오후, 저는 그에게 김훈 선생과 동지들이 있는 곳으로 가겠다고 말했습니다. 얼굴과 손발의 동상이 심각해질 수 있다는 그의 만류에도 불구하고 몸을 치료하고 누워있을 만큼의 여유가 없었습니다. 간도, 만주 이제는 연해주까지 우리의 입지가 점점 좁아지고 있는 상황에 가슴이 타들어 갔습니다. 입술을 굳게 다물고 주전자에 물을 붓던 농민이 잠시 후, 저를 보며 고개를 끄덕였습니다.

"준비하고 마구간으로 나오시오!"

붕대로 발을 감싸고 그 위에 양털 양말을 신었습니다. 두 개를 껴입은 내의 위에 모직 스웨터를 입고 솜을 넣은 도톰한 속바지 위에 모직 바지를 입었습니다. 마지막으로 가죽조끼를 입고 발목까지 내려오는 잿빛의 두툼한 모직 코트 단추를 목까지 채워 깃을 세웠습니다. 그리고 탁자 위에 놓인 모피 모자를 쓰고, 무릎까지 올라오는 갈색의 가죽 부츠를 신었습니다. 다소 둔하게 느껴졌지만, 연해주의 겨울은 그 정도로는 어림없었습니다.

문밖으로 나가자, 마구간에서 말 두 필을 끌고 나오는 그의 모습이 보였습니다. 말의 한 고삐를 건네며 그는 자신의 말 위에 올랐습니다.

"이 녀석이 대단한 명마입니다. 놓치지 마시오!"

그가 말 등을 한 대 치자, 명마는 순식간에 달려나가기 시작했습니다. 저도 황급히 말에 올라 그의 뒤를 바짝 좇았습니다. 목도리로 얼굴 전체를 가리고 겨우 눈만 내놓았지만, 여지없이 칼바람이 파고들었지요. 20여 분 정도 눈벌판을 달리자, 한적한 농가가 나타났습니다. 우리는 폐가처럼 보이는 집 마당, 한구석에 있는 나무에 말을 묶어 놓고, 또다시 20여 분을 걸었습니다. 산 위로 올라가는 초입의 왼쪽으로 난 샛길로 들어서, 또 얼마를 걷자, 멀리 작은 불빛이 보였습니다. 가까이 가니 그곳은 작은 농장이었습니다. 불 켜진 창 안에서 서성이던 누군가가 급히 몸을 돌리는 모습이 보였습니다. 문을 두드리려는 순간 문이 열렸습니다.

그곳에 김훈 선생이 서 있었습니다.

"어서 들어오시오! 동지!"

벽난로를 피워놓은 거실 한가운데 동료들이 둘러앉아 차를 마시고 있었습니다. 한 동지가 일어나며 저를 안아주었습니다. 또 다른 동지는 새 잔을 꺼내와 차를 준비해 주었습니다. 소파에 깊숙이 앉아있는 동지는 그저 평화로워 보였습니다. 순간 이곳이 먼저 간 독립군들이 기다리고 있는 천국이 아닐까 잠시 어리둥절했습니다.

"우리 동지가 눈벌판에 누워서 꿈을 꾸는 게 아닌가 착각하는가 보오! 하하하……"

제 마음을 알아차린 동지가 호탕하게 웃으며 말했습니다. 우리는 그날 저녁, 러시아식 식사를 하며 담화를 나누었습니다. 보드카를 한잔 씩 돌리는 것도 잊지 않았지요. 오랜만에 약간의 취기가 오른 동료들은 그동안 마음속에 숨겨 왔던 이야기들을 하나씩 풀어 놓았습니다.

"어머니가 보고 싶소. 그리워서 미칠 것만 같소."

그는 손으로 얼굴을 감싸고, 잠시 흐느꼈습니다.

"나는 부모님을 따라 일곱 살에 이곳 블라디보스토크로 이주했소. 그런데 다음 해에 부모님이 모두 거짓말처럼 돌아가셨소. 그래서 형제들은 흩어지고, 홀로 남은 저는 항구에서 일을 할 수밖에 없었소. 그때 내 나이 아홉 살이었지요. 운 좋게 러시아인 선장 양부모 밑에서 풍족하게 자라 미국에서 공부를 했고. 거금도 모았소. 그러나 이 모든 행운이 나 하나만을 위한 것이라면 무슨 의미가 있겠소? 가난과 멸시 속에 잠시 살았던 내 조국이지만, 그곳은 분명히 내 본향이오. 나는 여전히 대한제국사람이오."

또 다른 동지가 담담한 목소리로 말했습니다.

저는 말없이 눈 내리는 창밖을 바라보고 있었습니다.

"동지는 어떠하오?"

창문에 비친 사람들의 시선이 제게로 향했습니다. 저는 고개를 돌려 동지들을 둘러보았지요.

"내가 지금 이곳에 있는 이유를 말한다면 저는 동지들에게 수치스러운 위선자가 될지 모르오. 차라리 입을 닫겠소."

"그렇게 말하니 더 궁금해지는군요."

저는 다시 창밖으로 시선을 돌리며 나지막한 소리로 말했습니다.

"저는…… 그냥 우리 애기씨…… 제가 머슴으로 살던 판서님 댁 애기씨를 지키고 싶습니다."

동지들의 시선이 서로를 향했습니다. 저는 천천히 일어나 창가로 걸어갔습니다. 그리고 창틀에 몸을 기대어 끝없이 떨어지는 검은 하늘을 올려다보았습니다.

다음 날 아침, 우리는 모두 푸석한 얼굴로 잠에서 깨어났지요. 그래도 오랜만에 여유와 편안함을 느꼈습니다. 아침 식사 후, 김훈 선생이 회의를 소집했습니다. 우리는 벽난로 옆에 있는 탁자로 모였습니다. 탁자 중앙에 팔짱을 끼고 앉아 있는 김훈 선생이 어딘가에 시선을 던진 채, 생각에 잠겨 있었습니다. 그의 상념을 방해하지 않기 위해 우리는 잠시 침묵하며 기다렸지요.

그러나 침묵의 시간이 길어지고 점차 긴장의 시간으로 바뀌어가자, 우리는 서로에게 불안한 눈짓을 보내며 동시에 김훈 선생에게로 시선을 모았습니다. 잠시 후, 그가 고개를 들어 우리를 둘러보았습니다. 뜻밖에도 그는 옅은 미소를 짓고 있었습니다. 한잔의 보드카에도 긴장을 늦추지 않는 그는 전날 밤에도 계속해서 문밖의 동태를 살피고 있었다는 것을 우리는 알고 있었습니다. 굳게 다물고 있던 그의 입술에 싱긋 미소가 지어지자, 대번에 우리의 긴장이 풀어졌습니다.

"고종의 차남이 러시아를 방문한다는 밀서가 도착했습니다."

김훈의 첫마디였습니다.

"아관파천 당시 엄 상궁이 낳은 고종의 아들 이은 말입니까?"

"2월 25일, 통감 다카하시 다이스케와 함께 러시아를 방문한다는 밀서가 엊그제 도착했소."

"볼모로 일본으로 끌려간 후, 첫 방문지가 대한제국이 아닌 러시아라니요?"

"대한제국과 일본의 친화정책을 대외적으로 알리

려는 외교 전략이오."

"이은은 한일합병을 위해 일본에서 교육받고 있었습니다. 다카하시 중심내각이 올 8월, 한일합병을 추진한다는 밀서도 동봉되었소."

"이은은 볼모입니다. 다만 역적이란 오해로 인해 학생들 사이에서 역적의 방문이라는 소요가 발생할 것이오."

"많은 경당학교 학생들이 블라디보스토크 역 근처로 동원될 것이오. 우리 중 몇은 학교 관계자로 위장하여 광장 안으로 먼저 들어가 있어야 합니다. 학생들 사이에서 소요가 일어날 때, 다카하시를 저격해야만 하오."

"그리고 이은을 구출해야 합니다. 역 광장으로 나오지 못하도록 우리 중 몇은 뒤에서 비호해야 하오. 전날 떠나서, 2월 25일 오전 8시 전에 다시 블라디보스토크 역에 도착해 있어야 하오. 다른 기차에 잠입해 있다가 이은과 다카하시가 도착하고, 역 광장에서 총격이 있을 때, 기차에서 빠져나와 뒤에서 이은을 빼내 와야 합니다. 군사력과 경찰력이 역 광장으로 집중해 있을 때

말입니다!"

"안중근 선생 사건 이후로 일본은 독립군들을 쥐 잡듯 잡아들이고 있습니다. 간도와 만주의 독립군 사령탑들이 체포된 이후로 사실상 이곳은 마비상태 아닙니까? 지금은 위험합니다. 선생님!"

"위기는 또 다른 기회요. 반드시 한일합병은 막아야 합니다. 다카하시를 사살할 수 있는 기회입니다. 일을 진행시킵시다."

그날부터 우리는 구체적인 일을 착수하기 시작했습니다. 블라디보스토크 내 조선학교 관계자를 만났고, 구체적인 정보를 조사하여, 각자 책무를 맡았습니다.

2월 24일, 오전 일본인 관광객으로 분장하여 이은을 빼낼 두 명의 동지는 다른 지역으로 떠났습니다. 2월 25일 오전 8시에 블라디보스토크 역으로 올 것입니다. 저와 동지는 25일 새벽 오전 5시경에 농가를 빠져나왔습니다. 이제 농민군 본부에는 김훈만이 남았습니다. 우리는 폐가에 매워 놓은 말을 타고 농민군의 집으로 향했습니다. 그곳에서 간단한 요기를 한 후, 8시경 블라디보스토크 역으로 향했지요. 조직과 연결된 사립학교 관계자 한 명이 역전 앞 광장 트럭에서 헌화하고 장식할 인조 꽃들을 나르고 있었습니다. 역 광장으로 들어가는 입구에서 우리는 신분증과 소지품 검사를 받은 후, 동료가 있는 곳으로 천천히 걸어갔습니다.

"일찍들 나오셨소."

그의 얼굴에 긴장의 빛이 스쳤습니다. 그때, 꽃장수가 우리에게 다가오며 말했습니다.

"주문하신 꽃다발이오."

"돈은 학교 행정부에서 지급할 것이오."

꽃다발을 건네받은 우리의 손에 차갑고 딱딱한 금속재질의 물체가 만져졌습니다. 우리는 그와 눈짓을 교환하며 꽃다발들을 흰 천막이 쳐진 탁자 위에 올려놓았습니다. 시간이 갈수록 연해주 내 조선학교 학생들이 광장으로 몰려들었습니다. 주변에 줄이 쳐지고 군인과 경찰들이 광장으로 들어가는 사람들의 신분증과 소지품을 확인하기 시작습니다. 그중에는 일본인으로 분장한 동료들도 있었습니다. 역 정면에 걸린 시계가 11시 10분을 가리켰습니다. 나와 동지는 꽃들 속에 묻어 놓은 총의 안전장치를 풀면서 학생들 사이로 시선을 던졌습니다.

11시 20분, 호각소리가 울리며 기차가 역에 도착했다는 소리가 들렸습니다. 역 입구를 봉쇄하고 있던 경찰과 군인들이 밀착한 몸을 떼어 작은 통로를 만들었습니다. 웅성대는 소리와 함께 학생들도 동요하기 시작했습니다. 이은과 다카하시가 군인들의 경호 아래 통로를 막 빠져나오고 있었습니다. 그때, 학생 한 명이 소리쳤습니다.

"역적은 물러가라!"

또 다른 학생의 소리가 들렸습니다.

"일본은 대한제국 땅에서 물러가라!"

"대한제국의 주권은 우리 것이다!"

경찰과 군인들이 학생들 사이로 뛰어들고 이은과 다카하시는 순식간에 군인들에게 둘러싸였습니다. 군인의 총부리가 학생들을 겨냥하고 있을 때, 반대편 어디선가 총성이 울렸고, 순식간에 군인이 쓰러졌습니다. 잇달아 세 번 반복된 총성에 학생들을 저격하려던 군인들의 총부리가 꺾였습니다. 순간 벌어진 일이었으며, 우리의 계획에도 없던 일이었지요. 총이 발사된 곳에서 김훈이 소리치며 광장 밖으로 달려가기 시작했습니다.

"이때요! 동지들! 지금이요!"

그가 거리로 뛰쳐나가자, 그 순간, 건너편에 있던 동지가 다카하시를 향해 총을 쏘았고, 동시에 요란한 총성이 쏟아지며 김훈이 시멘트 바닥에 피를 흘리며 쓰러졌습니다. 오랜 침묵을 깨고, 미소를 지으며 우리를 바라보던 김훈의 얼굴에서, 각오한 순교, 암시된 죽음을 예감해야 했습니다. 저는 꽃들 속에서 장전한 총을 빼내 순식간에 하늘을 향해 발사했습니다. 역전 안에서도 몇 발의 총탄소리가 울렸습니다. 광장 밖에 있던 경찰들이 광장 안으로 뛰어들었고 잠시 후, 요란한 총성이 빗발치듯 들려왔습니다. 그 순간, 이은도 우리의 시야에서 사라져 버렸습니다. 여기저기서 발사된 총탄소리에 군인들의 주의가 흐트러지기 시작했습니다. 밀착경호로 다카하시 저격에 실패한 동지가 울부짖으며 달려갔습니다.

"코레아! 우라(대한독립 만세)!"

그는 다카하시와 경호대들 속으로 몸을 던졌습니다. 순간 굉장한 폭발음과 함께 연기가 피어오르고 찢겨 나간 사체들이 하늘로, 땅으로 흩어져 나갔습니다. 눈앞에서 동지들의 피가 쏟아지고, 살이 찢겨 나갔습니다. 제 손에서 딱딱한 금속성 물체가 미끄러지듯 흘러내렸습니다. 12월의 한적한 농가에서 창밖으로 흐르던 밤의 풍경이 떠올랐습니다. 벽난로 주변에 자유로이 흩어져 앉아 담화를 나누던 동료들의 모습과 호탕한 웃음소리, 그리고 낮게 흐느끼는 소리도 들려왔습니다. 차를 따르는 소리, 나이프가 쟁반에 닿는 소리, 보드카 잔이 부딪치는 소리도 들렸습니다. 그때였습니다. 익숙한 소리들 사이를 가르는 높은 괴성과 함께 머리에 충격이 왔습니다. 얼굴이 차디찬 시멘트 바닥에 부딪혔고, 비틀어진 팔목 위로 차가운 금속성 물체가 채워지며 날카로운 소리를 냈습니다. 저는 동지들의 모습에서 시선을 떼지 못한 채, 개처럼 끌려가기 시작했습니다.

저는 즉시 일본 제국 정부에 넘겨져, 만주 뤼순 감옥으로 압송당했습니다. 연해주 내 조직망을 대라는

고문의 시작이었습니다. 벼루에서 쏟아져 내린 먹물이 죽음처럼 덮쳐오던 순간을 기억했습니다. 먹물을 빨아들이는 빛줄기 속에 당당히 서 계신 아가씨의 목소리가 들렸습니다. 그녀 대신 급류에 휩쓸려도 좋았던 날을 기억했습니다. 숲 속의 언덕 아래로 흐르던 물소리를 따라 수줍게 울먹이던 소리도 들렸습니다.

시멘트 바닥에 흩어진 동지들의 무덤이 보였습니다. 피로 엉겨 붙은 살점과 뼛조각이 나뒹구는 광경 속에 애곡처럼 뜨거운 피가 붉은 꽃잎처럼 흩어져 내렸습니다. 저는 입을 열지 않았습니다. 입을 열 수가 없었습니다. 피를 토하며 쓰러진 후, 정신을 차렸을 때 조선의 서대문 감옥에 송치되어 있었습니다. 그렇게 돌아오고 싶었던 대한의 땅을 그런 모습으로 밟게 된 것이었습니다.

목이 말랐습니다. 소년의 갈증은 한두 해가 아닙니다. 소년은 하늘을 올려다보았습니다. 타오르는 태양이 하늘마저 쩍쩍 갈라놓을 태세입니다.

"이 나라 운명이 어찌 될꼬……"

하늘을 올려다보는 판서님의 탄식이 소년의 가슴을 찢는 것 같습니다. 소년은 우물 안을 들여다보았습니다. 좁은 동굴 같은 우물 안도 흉측스런 바닥을 드러내 놓았습니다. 갑자기 어디선가 사람들이 몰려듭니다. 판서님 댁 대문을 열고 물밀 듯이 쏟아져 들어왔습니다. 어떤 이들은 담장으로 넘어오기까지 합니다. 발가벗은 아이들, 봇짐을 멘 소년, 갓난아기를 업은 소녀, 옹이 장수, 노비, 농민, 하인들 할 것 없이 물을 달라 아우성입니다. 물이 없어 살 수가 없다며 물길을 내라고, 틀어진 물길을 바로 잡으라며 울부짖습니다. 저 뒤에서 관료들은 뒷짐을 지고 서 있습니다. 늙고 타락한 관료들은 귀를 막습니다. 어떤 이는 눈을 감아 버립니다. 또다시 판서님의 소리가 들렸습니다. 비장함이 실린 소리입니다.

"물길을 찾아 저들에게 생수를 공급하라!"

소년은 뒤도 안 돌아보고 우물 안으로 들어갑니다. 어느 순간 우물 바닥까지 내려온 소년은 괭이로 마른 바닥을 내리칩니다.

"쨍!"

소년의 팔에 힘이 가해집니다. 한 번 더 내리칩니다.

"쨍!"

내리칠수록 소년은 힘이 더 솟는 듯합니다.

"쨍! 쨍! 쨍……"

바닥이 꺼질 듯한 굉음에 잠에서 깼습니다. 몸이 흠뻑 젖어 있었습니다. 땀이 비 오듯 쏟아졌더군요. 눈을 떠보니, 저는 차가운 시멘트 바닥에 누워 있었습니다. 팔이 뒤로 묶인 채, 다리도 움직일 수 없었습니다. 발목에 족쇄가 채워져 있었습니다.

우리 독립군은 이곳에서 사람이 아니었습니다. 저는 끊임없이, 끊임없이 생각했습니다. 정신을 잃지 않기 위해서였습니다. 육체적인 고통이 정신적인 고통보다 크리라는 것은 상상하지 못했습니다. 앞서 간 독립군들이 이런 고통 속에서 죽어갔습니다. 저는 촘촘히 못을 박은 상자에 들어가 온몸에 난도질을 당하는 것 같은 고초를 겪어야 했습니다. 수감번호가 불릴 때마다 지하실의 감옥으로 끌려가, 때로는 동지의 눈앞에서 생지옥의 고문을 겪어야 했습니다.

고문을 당할 때마다 어김없이 아가씨가 떠올랐습니다. 그러면 어디선가 지저귀는 새소리가 들려오고, 백로 한 쌍이 노을지는 하늘을 날고 있는 장면이 떠올랐습니다. 핏빛으로 물든 계곡 끝에서 흐릿하게 올라오는 영상과 배꽃이 흩날리며 퍼트리는 향기도 맡을 수 있었습니다. 그리고 동그란 하늘 어디선가 웅성대는 소리와 함께 실낱같은 줄이 꿈틀대며 내려와 저를 묶는 것이었습니다. 누군가가 손가락 하나도 움직일 수 없는 제 허리에 끈을 묶어, 저는 우물 밖으로, 세상 밖으로, 버려진 태생의 역사 밖으로, 그 상처 밖으로 끌려나가고 있었습니다.

하늘에서 빛이 쏟아지는 대나무밭 사이에 서 계신 아가씨…… 아가씨가 제게 손을 내밀었습니다.

'애기…… 씨……'

그 손을 잡기 위해 힘겹게 팔을 올리자, 갑자기 제 속에서 무언가가 폭발하며 빛을 발하기 시작했습니다. 무기력한 조정, 무지 속에 살아가는 백성, 병든 아이들, 동료들의 절규, 판서님의 눈빛. 그 슬픔들이 희망을 만

들어 천국 같은 기쁨으로 피 뿌리는 고문 속에 봉오리를 터트리며 꽃을 피우는 것이었습니다.

“애기…… 애기…… 씨……”

저도 모르게 신음처럼 새나오는 이름을 불렀습니다. 열세 살 소년의 의구심과 분노가 물줄기를 찾으려는 욕구로 해소되던 그 날, 끊임없는 갈증이 수맥을 찾아내어 인정받으려는 욕구로 투사되던 그 날, 지극히 인간적인 욕망을 분출해내던 그 날의 소년은 이제 정체성을 찾고자 땅을 파지 않습니다.

“몸이 구속돼도 정신만 자유로우면 산다! 그게 진짜다!”

칠성 아주머니의 말씀이 떠올랐습니다. 그것이 어떤 의미인지 숱한 길을 돌고 돌아서야 알았습니다. 나를 위한 삶이 아닌, 타인을 위한 죽음으로 승화되어 가는 진정한 자유를 알게 되었습니다. 그래서 두려움을 이기며 끝끝내 버틸 수 있다는 것도 알았습니다. 어린 소녀가 제게 보여준 연민이, 어느덧 성장한 그녀가 제게 베푼 사랑이, 버려진 핏덩어리를 독립군으로 만들어주었습니다. 타인과 사명을 위해 죽을 수 있는 순교

자로 만들어 주었습니다. 천한 신분을 소명받은 삶으로 이끌어, 낮고 낮은 자리에서 숭고한 자리로 높여 준 것입니다. 그러기에 죽음도 이겨낸 포기할 수 없는 사랑, 그녀가 살고 있는 대한의 땅을 지켜내고 싶었습니다.

얼마나 시간이 흘렀는지 잘 모르겠습니다. 형무소 밖에서 무슨 일이 벌어지고 있는지조차 알 수가 없습니다. 안중근 선생이 배꽃이 만발했던 3월의 봄 어느 날, 처형당했다는 소식만 일본군 순사에게 협박처럼 들었을 뿐이었습니다.

"대한 독립의 소리가 천국에 들려오면 나는 마땅히 춤을 추며 만세를 부를 것이다."

감옥에 있던 아우에게 유언을 남기고 그는 어머니가 손수 지은 수의를 입은 채, 하늘 어딘가 우리가 왔던 곳…… 이 땅의 사명을 마치고, 먼저 가서 우리들을 기다리고 있을 동지들의 품으로 돌아갔습니다. 가끔 사형소 입구의 키 큰 미루나무 근처에서 애통하는 울음소리가 들려왔습니다.

"대한 독립 만세!"

투사들은 몸이 죽어 슬프지 않았습니다. 마지막까지 나라 잃은 슬픔에 절규하고 있었습니다. 나라가 없는 슬픔, 제게는 아가씨를 잃는 슬픔이었고, 판서님의 눈빛을 기억할 수 없는 슬픔, 굶주린 조선의 아이들을 외면하는 슬픔, 살아 있지만, 생명이 없는 그것이었습니다.

수감번호 2572를 달고, 독방에 앉아 사형 집행을 기다리고 있었습니다. 갑자기 철창문이 열리고 한 순사가 들어왔습니다. 사형집행일인가 봅니다. 젊은 순사가 저를 끓어 내자 복도 한복판에 웬 남자가 서 있었습니다. 망막 안으로 흐릿한 형체가 선명하게 들어오기 시작했습니다. 가슴이 뛰기 시작했습니다. 온몸에 전율이 일었습니다. 그 순간 그는 젊은 순사에게 귀엣말로 무언가를 지시하며 돌아서서 뚜벅뚜벅 걸어나갔습니다.

복도를 나와 마당 밖으로 끌려 나왔습니다. 얼마 만에 보는 햇빛이었는지요? 그러나 너무나 눈이 부신 햇살에 그만 눈을 감고 말았습니다. 죽음을 목전에 둔 사람만이 느낄 수 있는 희망의 끈, 그 끈을 다시 붙잡을

수 있을까요? 사형장으로 가는 짧은 순간 참 많은 생각들이 스쳤습니다.

두렵지는 않았습니다. 제가 선택한 삶이었으니까요. 문밖에 버려졌던 하인이 아가씨의 사랑을 받았고, 판서님의 인정을 받았습니다. 그것이면 됩니다. 제가 살아갈 이유를 알게 해준 그들만 행복하면 족합니다. 버려졌을 때부터 영혼 깊이 뿌리 내린 상실감은 고통스러웠지만, 저를 성장시켰습니다. 이제는 아가씨의 고운 머리가 마님의 그것처럼 변했어도 상관없습니다. 그래도 제 사랑은 변하지 않으니까요.

저는 강해졌습니다. 이제야 스스로 상실감과 열등감의 끈을 풀고 나왔습니다. 이제 감옥 밖에서 느낄 자유가 더 부끄러운 것임을 압니다. 저는 저 자신에게 더 가까워진 것 같았습니다. 이제야 저를 찾은 것 같았습니다. 저는 배재학당에 있지 않았습니다. 미국의 대학에도 있지 않았습니다. 저는 제가 사랑하는 것들 속에 있었습니다. 아가씨의 검은 눈망울에 있었고, 판서님의 기대에 찬 눈빛 속에, 나를 부르는 동지들의 애절한 눈동자에, 그리고 내가 사랑하는 그들이 살고 있는 동방의 하늘 아래 눈물처럼 작은 나라, 아름다운 내 조국에 있었습니다. 제가 사랑하는 것들을 지키기 위해, 그들 영혼의 자유를 위해, 진정한 안식을 위해 대한은 독립해야만 했습니다. 이제야 숨을 쉬는 것처럼 모든 것이 쉬워졌습니다. 가려진 수건이 걷힌 듯이 모든 것이 선명해졌습니다.

마지막으로 둔탁한 가슴속에 은종이 울린 첫 사랑의 시작, 그리운 이름을 나직이 불어보았습니다.

"애…… 애…… 기씨……"

그때였습니다. 누군가 제 어깨를 치며 눈을 뜨라는 소리가 들렸습니다. 눈을 뜨자, 저는 사형실이 아닌 천정 높은 방 안에 서 있었습니다. 제 앞에는 복도에 서 있던 일본인이 큰 탁자를 앞에 두고 앉아 있었습니다. 불빛 아래 그의 모습이 선명하게 드러났습니다. 그러자, 분명한 기억이 떠올랐습니다. 도모지 사형을 당하던 순간이 작은 파편조차 없이 생각나는 것이었습니다. 더이상 무의식의 기억이 죽음의 공포를 밀어내지 않았습니다. 저는 그 순간에서 터벅터벅 걸어나오고 있었습니다. 젊은 순사가 문을 닫고 나갈 때까지, 그는 저에게서 시선을 떼지 않고 안경을 올려 쓰며 차가운 눈빛으로 노려보았습니다. 잠시 후, 그는 손등에 턱을 괴고 입가를 씰룩이며 넌지시 물었습니다.

"나를 기억하지?"

"…… 기억하오."

"많이 변했군. 그땐 애송이였어. 쉬운 상대였지. 죽음 앞에 부들부들 떨던 네 모습……."

저는 고개를 들어 그를 쳐다보았습니다.

"그런 풋내기가 아가씨를 지킨다는 게…… 흐흐…… 우습더군."

"난 사형시켜도…… 상관 없소."

그의 눈동자를 똑바로 응시하며 말했습니다.

"알아! 넌 변했어."

"무슨 소릴 하고 싶은 거요!"

"죽음 조차…… 이겨낼 기세야."

매서운 그의 눈빛이 순간 흔들렸습니다.

"지금 내가 아가씨를 위해 할 수 있는 게 이것뿐이오. 끝까지 지켜주지 못하는 것이 슬플 뿐이지."

"널 당장 죽일 수도 있어."

그가 저를 매섭게 노려보며 소리쳤습니다.

"그렇지만…… 그러면 난 진짜 살인자가 될 것 같아."

창가로 고개를 돌리며 그는 제 시선을 피했습니다. 잠시 후, 그의 등 뒤로 허세 어린 목소리가 흘러나왔습니다.

"이제 제대로 한 번 해보자고! 누가 쫓고 쫓기는지!"

그가 돌아서며 저를 쳐다보았습니다.

"다음에 끌려오면 바로 사형이야. 명심해!"

그는 책상 위에 있던 종이 뭉치를 제 앞으로 던지며 다시 창가로 돌아섰습니다.

"네가 미국에서 보낸 편지들이야. 가져가!"

미국 우표가 붙은 낡은 서신들이었습니다. 아가씨에게 답장이 오지 않은 이유를 이제야 알게 되었습니다.

저는 한동안 넓은 창에서 들어오는 쾌적한 바람을 맞으며 고목처럼 서 있었습니다.

십 년 만에 조선 땅을 밟았습니다. 지친 몸을 이끌고 다시 고향으로 돌아온 것입니다. 조선은 떠나 올 때와 많이 달라져 있었습니다. 거리도, 아이들도, 사람들의 얼굴도 달랐습니다. 거리에서 뛰어다니던 아이들의 웃음소리가 들리지 않았습니다. 빨래터에서 들려오던 방망이질 소리도 힘이 없습니다. 고개를 숙인 아낙들의 얼굴은 더 거칠해졌고, 눈빛은 총기를 잃었습니다. 농민들은 낯선 이의 눈치를 보며 길을 가기 바쁩니다. 우리네 땅에서 우리들은 자유를 잃었습니다.

멀리 담장 너머로 돌배나무 가지가 뻗어 있는 모습이 보였습니다. 걸음이 빨라졌습니다. 누군가가 오랜 기다림 끝에 문을 열어줄 것 같은 기대감이 스칩니다. 육중한 나무문에 손을 얹었습니다. 숱한 세월 이 문을 얼마나 여닫았는지요. 대문의 놋손잡이는 세월의 흔적을 말해주듯, 검은 녹이 슬어 있었습니다. 저는 손잡이를 잡고 문을 두드렸습니다. 얼마간의 정적이 흐른 뒤, 누군가가 문밖으로 얼굴을 내밀었습니다.

“안녕하십니까……? 판서 어르신을 만나 뵈러 왔습니다.”

남자는 미심적인 눈길로 초췌한 저의 모습을 보더니 고개를 갸우뚱거리며 말했습니다.

"판서님요? 몇 년 전까지 여 살았던 분 말이요? 그분은 유배 가신 걸로 알고 있는데."

"유배요? 어디…… 어디로요?"

열린 문틈으로 손을 넣고 다급히 물었습니다.

"낸들 아오……? 근데 그곳에서 얼마 안 있다 돌아가셨다지 않소……"

저는 한 손으로 기둥을 붙잡았습니다.

"그럼…… 그 가족들은요? 식솔들은 어찌 되었소?"

"늙은 노비가 있었는데, 마님도 노비도 다 죽었다지 않소?"

눈앞이 캄캄해졌습니다. 가슴으로 고문의 통증보다 더한 고통이 느껴졌습니다.

저는 타들어 가는 입술을 열고 떠듬떠듬 말을 이었습니다.

"예전에…… 여기에…… 살았던 사람입니다. 잠시…… 안에 들어가 봐도 괜찮겠소?"

남자는 고개를 돌려 집 안을 살피더니 제게 문을 열어 주었습니다.

안뜰로 들어가 작은 뜰을 지나, 안채로 들어가는 중

문을 열었습니다. 그러자 꿈에도 그리웠던 풍경이 펼쳐졌습니다. 저는 눈을 감고 숨을 들이켰습니다. 굵은 눈물방울이 뺨을 타고 흘렀습니다. 끝없이 올라오는 눈물 너머 대청 한가운데 서 계신 판서님의 모습이 흐릿하게 보였습니다. 그리고 행랑채로 통하는 문이 열리며, 그리운 얼굴들이 하나둘 들어오기 시작했습니다. 일꾼들이 분주하게 움직이며 지나갔습니다. 곳간에서 나오시는 칠성 아주머니의 모습도 보였습니다. 떡방아를 찧는 일꾼, 옆에서 잔심부름하는 어린 하인, 뒤꼍에서 물을 길어 나오는 소년이 별당을 흘금거리며 걸어 나왔습니다. 그때 별당에서 나오는 아가씨와 마주쳤습니다. 자줏빛 비단 저고리에 머리를 반듯하게 땋아 내린 아가씨가 조심스레 몸을 돌렸습니다. 그러나 그 시선은 소년이 아닌 저를 향하고 있었습니다. 갑자기 성숙한 여인으로 변한 그녀의 눈동자에 눈물이 고여 있었습니다. 확고한 신념으로 가득한 눈동자가 상실감에 젖어 저를 바라보는 것이었습니다.

바닥으로 떨어지듯 주저앉았습니다. 떠나가는 배를 허망하게 바라보던 아가씨의 모습이 떠올랐습니다.

눈물이 솟구쳤습니다. 절규와 애통이 소리 없는 눈물로 주체 없이 흘러내렸습니다. 저는 아랫입술을 깨물었습니다. 입술 사이로 끊임없이 아가씨의 이름이 새나왔습니다.

"용서…… 하세요. 애기씨……. 애기씨…… 애기씨.!"

'이제야 왔습니다. 너무 늦게 왔습니다. 이곳에서 당신들을 지키지 못했습니다……'

저는 주먹 쥔 손을 바닥으로 내리쳤습니다. 숨이 턱 끝으로 차올랐습니다. 깊은 절망, 깊은 후회가 가슴을 파고듭니다. 용기가 없었기 때문에, 두려웠기 때문에 가장 소중한 것들을 잃고 말았습니다. 귀중한 순간을 놓치고 말았습니다. 이제는 그들에게 감사하다는 말도, 사랑한다는 말도 할 수가 없습니다.

'이 일을 어찌하면 좋겠습니까?'

얼마나 시간이 흘렀는지, 사내가 어깨를 쳤습니다. 저는 바닥에 묻고 있던 얼굴을 들고 눈가를 훔치며 천천히 일어났습니다. 다리가 휘청거리자, 사내가 제 팔을 잡으며 불편한 기색을 비추었습니다.

"죄송하지만 별당채를…… 가 보아도 되겠습니까……?"

안채를 돌아 뒷마당으로 걸어갔습니다. 새벽녘 하인이 싸리비로 쓸던 마당은 여전했습니다. 그곳에서 곳곳에 남겨진 비단신을 신고 걸어가던 아가씨의 보이지 않는 흔적들을 느꼈습니다. 저는 천천히 행랑채로 통하는 중문을 열고 샛마당을 걸어 나와 모퉁이를 돌았습니다. 그러자 바람에 이파리를 날리며 서 있는 고목의 모습이 시야에 들어왔습니다. 가슴이 먹먹해 왔습니다. 고고하신 판서님의 성품을 간직한 고목만이 우뚝이 서서 저를 맞아주는 것 같았습니다. 눈물처럼 나뭇잎 몇 장이 떨어졌습니다. 공간을 배회하던 나뭇잎이 우물가를 찾아 내려갑니다.

"물이 말라서 몇 해 전에 막아놓았소!"

고목에 몸을 기대어 물을 길은 흔적도, 빨래터의 흔적도 사라진 우물을 내려다보았습니다.

"판서님네 식솔들이 떠나고 우물물이 바싹 말라가지 않겠소? 주인 잃은 걸 미물도 아는지……"

갈증이 났습니다. 이제는 목이 타는 것 같았습니다. 대한의 타들어 가는 땅이 백성의 피마저 삼키고, 하늘은 눈물조차 흘리지 않고 있습니다. 말라붙은 산야처럼 독립에 갈망하는 대한의 민중에게 생수의 강, 자유의 강이 언제쯤이면 흐르겠습니까? 이 우물은 물길을 뚫어 다시 솟구치는 생수를 하늘로 쏘아 올릴 수 있을까요? 어쩌면 우리는 그 물줄기를 찾기 위해 온 생을 헤매는지도 모르겠습니다. 열세 살의 소년처럼 끊임없이 영혼의 갈증을 해소하기 위해, 수맥을 찾아, 마른 땅을 괭이로 찍는지도 모르겠습니다. 타인으로 인해 묶인 육신의 족쇄보다도 더한 고통, 정신의 족쇄를 풀기 위해, 영혼의 자유를 위해, 생명의 물줄기를 찾아 헤매는지도 모르겠습니다.

"…… 판서님 외동딸…… 그 따님은……?"

저는 사내에게서 한 걸음 물러나, 그의 시선을 피하며 물었습니다. 그는 심각한 얼굴로 머리를 기울이며 한동안 생각에 잠기는 듯했습니다.

"혹시…… 알고 있소……?"

저는 사내를 곁눈질하며, 마른 침을 삼켰습니다. 침묵의 시간이 불안했습니다.

"그 애기씨……"

남자는 근심 어린 얼굴로 저를 보며 말했습니다.

"전염병이 돌던 어느 마을에서 환우들을 돌보는 걸 봤다고 하던데……"

산길을 올라 칠성 아주머니의 산소를 가는 길이었습니다. 잡목들을 헤집고 겨우 찾아낸 아주머니의 묘지는 흔적도 찾을 수 없을 만큼 황폐해 있었습니다. 눈물이 울컥 쏟아져 나왔습니다. 일본에 압제당하는 백성들의 모습처럼 쓰러져 가는 국운을 말해 주듯이 묘지는 이리저리 패인 채로 나뒹굴고 있었습니다. 아무나 짓밟아도 죄책감을 느낄 수 없을 만큼 처참한 모습이었습니다.

김훈을 비롯한 우리 용병들은 모두 죽었습니다. 독립협회 동지들에게서 비겁하게 도망치던 제가 또 홀로 살아남았습니다. 죽음의 문턱에서 또다시 구원받았습니다. 그들 중에서 가장 유약하고 연약했던 저는 무엇을 위해 한 번의 생이 더 허락된 것일까요?

저는 오랫동안 묘지 주변을 돌며 잡초를 뽑고 팬 곳에 흙을 메웠습니다. 아주머니의 푸근했던 가슴처럼 봉긋하게 다듬었습니다. 여전히 강하게 내리쬐는 태양

빛에 땀이 비 오듯 흘렀습니다. 또다시 재발된 고문 후유증으로 가슴에 통증이 왔습니다.

저는 산길을 내려가 비탈진 언덕을 내려다보았습니다. 저 멀리, 바람 한 점 불지 않는 곳에서 고목에 달려있는 무수한 이파리가 손짓하듯 바람에 잔잔하게 흩날리고 있었습니다. 가슴이 저려왔습니다. 영혼의 끌림처럼 떨리는 발걸음을 재촉하기 시작했습니다.

그곳에는 열아홉의 청년과 열일곱의 아가씨가 있었습니다. 하늘에는 백로가 날고 바위 옆에는 노루 한 쌍이 연인을 바라보고 있었습니다. '졸졸졸' 개울물이 흘러가는 소리들 사이로 '콩닥콩닥' 연인의 가슴 뛰는 소리가 들려왔습니다.

'애기…… 씨……'

저도 모르게 입술 사이로 그리운 이름이 신음처럼 새나오고 있었습니다. 그러자 가슴 밑바닥에서 유유히 흐르던 그리움이 폭풍우처럼 몰아쳤습니다. 굵은 눈물방울이 뺨을 타고 흘렀습니다.

그때였습니다. 문득 무엇인가가 제 몸을 스치고 지나가는 것 같았습니다. 그것은 바람보다 더 부드러운 거의 잡힐 듯 말 듯한 숨결 같은 어떤 존재에 대한 직감이었습니다. 저는 눈길을 언덕 아래로 옮겼습니다. 그러자 개울가 돌다리로 누군가 건너오고 있는 모습이 보였습니다. 서양식의 주름치마와 흰 블라우스를 입은 단아한 모습의 여인이었습니다. 여인은 발을 헛디뎌 혹여나 개울에 빠지지 않기 위해 한 걸음, 한 걸음을 아주 조심스럽게 내딛고 있었습니다. 한 마리 나비가 날아오듯이, 하늘에서 내려온 선녀처럼 여전히 청초하고 아름다운 자태를 간직한 여인이 저를 향해 걸어오고 있었습니다.

누군가 제 등을 밀기라도 한 듯이, 저는 앞으로 한 발을 내디뎠습니다. 새들의 지저귐이 들렸습니다. 5월의 숲 속은 바람이 실어온 아카시아 향기로 가득했습니다. 꿈속에서만 보았던 여인이 제 앞에 서 있었습니다. 갑자기 불어오는 바람에 여인의 머리가 흩날립니다. 이제는 성숙하게 땋아 내린 그녀의 머리가 어깨 위에서 물결처럼 출렁이고 있었습니다.

저는 여인에게 다가갔습니다.

"애기…… 씨……"

그녀의 크고 검은 눈동자가 저를 보고 있었습니다. 그녀의 눈에서 눈물 한 방울이 떨어져 내렸습니다. 서러웠던 세월을 잊으려는 듯 아랫입술을 깨물고, 가늘게 떨리고 있는 눈동자 위로 가물가물 고인 눈물이 물결처럼 흘러내렸습니다.

고문의 통증보다 더한 고통이 목구멍으로 치밀었습니다. 저는 그녀에게 한 발짝 다가갔습니다. 우리는 오랫동안 서로를 바라보았습니다. 새들도 숨을 죽이고 개울물도 흐르지 않고, 나뭇잎 하나 떨어지지 않는 정지된 시간 속에 멈춰 선 우리는 서로에게서 시선을 떼지 않았습니다. 눈길을 떼어 버리면 사라져 버릴까 봐 다시는 헤어지지 않으려고, 그 시선을 빼앗기지 않겠다며 서로의 눈길을 애타게 붙잡고 있었습니다.

저의 손이 아가씨의 얼굴로 서서히 다가갔습니다. 떨리는 손가락이 언덕 같은 이마 위를 내려와 곧은 콧날을 지나고 동그란 콧방울에서 맴돌다가 살며시 열려 있는 보드라운 입술 위에 멈췄습니다.

저는 아가씨 얼굴로 더 가까이 다가갔습니다. 새근거리는 숨소리가 들렸습니다. 저는 눈을 감지 않았습니다. 아가씨의 꿈결 같은 숨결 속으로 잠들고 싶지 않았습니다. 이제는 잠들지 않으려고 합니다. 영원히 깨어 있으려고 합니다.

저는 아가씨의 입술 위로 제 입술을 포개었습니다. 보드라운 빛줄기가 입술 사이로 흘러들었습니다. 저는 아가씨를 감싸 안았습니다. 그리고 가녀린 아가씨의 몸을 오랫동안 안고 있었습니다.

바람이 일었습니다. 크고 작은 나무들이 바람결을 따라 한 방향으로 쏠립니다. 서늘한 기운이 청량한 바람에 묻어옵니다. 아가씨의 머리칼이 바람에 날리며 아카시아 향기를 실어왔습니다. 서쪽 하늘 끝에서 엷은 면사포 같은 구름들이 지평선 끝으로 흘러갑니다. 숲 속 어디에선가 노루 떼가 뛰어 나오고, 백로 한 쌍이 큰 날갯짓을 하며 하늘로 날아올랐습니다. 그 하늘 위에 흩어지는 구름들 사이로 손바닥만 한 먹구름 한 장이 흐릿하게…… 떠오르기 시작했습니다.

아가씨

초판 1쇄 발행일 2014년 9월 29일

지은이 이병연
펴낸이 박영희
편집 배정옥·유태선
디자인 김미령·박희경
인쇄·제본 태광인쇄
펴낸곳 도서출판 어문학사
서울특별시 도봉구 쌍문동 523-21 나너울 카운티 1층
대표전화: 02-998-0094/편집부1: 02-998-2267, 편집부2: 02-998-2269
홈페이지: www.amhbook.com
트위터: @with_amhbook
블로그: 네이버 http://blog.naver.com/amhbook
다음 http://blog.daum.net/amhbook
e-mail: am@amhbook.com
등록: 2004년 4월 6일 제7-276호

ISBN 978-89-6184-349-2 03810
정가 9,000원

이 도서의 국립중앙도서관 출판시도서목록(CIP)은 e-CIP홈페이지(http://www.nl.go.kr/ecip)와 국가자료공동목록시스템(http://www.nl.go.kr/kolisnet)에서 이용하실 수 있습니다.
(CIP제어번호: CIP2014026018)

※잘못 만들어진 책은 교환해 드립니다.